Collana "Orizzonti"

Prima Edizione: Ottobre 2024

Via Mordini, 22
00012 Villanova di Guidonia (RM)
Tel. 0774/354400
www.alettieditore.it
info@alettieditore.it

Profilo facebook:
www.facebook.com/alettieditore
Profilo Twitter:
http://twitter.com/alettieditore
Aletti Editore Channel:
http://www.youtube.com/alettieditorechannel

Progetto grafico:
Valentina Meola - Altre Sembianze

Stampa:
GlobalPrint S.r.L.
Gorgonzola (MI)

ISBN: 978-88-591-9313-5

Autori Vari

Dedicato a...
Poesie per ricordare

Vol. XIX
Sorrido 2024

Aletti Editore

Il poeta non scrive versi, riveste sembianze che eterne giacciono

di Giuseppe Aletti

Celebrare la fede nella scritta parola, e nel verso in particolare, è una ritualità laica che da sempre accompagna il mio sacerdozio poetico, iniziato oltre trent'anni fa. Ne menziono solo due in rappresentanza di tutto il tragitto fin qui percorso.
La processione laica di centinaia e centinaia di persone che raggiungono festanti i luoghi dove sono posizionate le stele poetiche per la cerimonia di svelamento delle nuove poesie che entreranno ufficialmente nel nuovo *Paese della Poesia ad Augusta*, dove i versi sono utilizzati come arredo urbano delle case, una vera e propria antologia a cielo aperto.
La *panchina dei versi*, che rappresenta il nostro ringraziamento ai grandi poeti, autori, intellettuali che hanno speso la vita a creare bellezza per noi, ricevendone in cambio il superamento del nostro essere finiti e a scadenza, sottratti dal conteggio del tempo, dal passare delle stagioni; la poesia quando contiene verità non soffre la polvere che il tempo inevitabilmente posa sulle cose, sui ricordi e sui sentimenti.
Difendere la nostra identità significa andare sicuri incontro al futuro; tuttavia, l'unico modo per preservarla è avere memoria di quello che siamo stati e di quello che ci ha preceduto, per questo era necessario celebrare la *Giornata Mondiale della Poesia* con un Premio riservato ai testi inediti. Così è nato *Dedicato a…* che raccoglie in questo volume antologico alcuni tra gli autori iscritti al Concorso, giunto alla sua diciannovesima edizione.
In questo libro, pagina dopo pagina, poesia dopo poesia, scorgiamo l'urgenza degli autori di condividere una dedica, come forma di ringraziamento, foss'anche legata alla perdita o alla separazione da qualcosa o da qualcuno a noi caro. La scrittura è solo il sintomo di quello che è già accaduto nella vita del poeta e, mentre per gli altri concorsi gestiti e realizzati dalla *Aletti editore* le poesie sono figlie

delle vicissitudini del momento, in questo libro gli autori vanno a ritrarre accadimenti indispensabili per la loro formazione sentimentale e culturale.
Il ringraziamento è la forma più elevata di gratitudine, come indicava *Cicerone: "La gratitudine non è solo la più grande delle virtù, ma il genitore di tutte le altre". "Ogni uomo è un poeta" scriveva Charles Bukowski*, e questa affermazione è ancor più vera quando fa emergere la nostra unicità, che custodisce le verità contenute nelle nostre creazioni in versi. Chi non afferra questo semplice - e difficile - concetto, rischia di diventare, con il passare delle stagioni, come quei set cinematografici di film realizzati anni fa, dove lo scorrere del tempo fa cadere una scenografia, intravedere un vetro rotto, una porta che non si chiude più.
Andando incontro a questa esigenza, che molti autori sentono come prioritaria, ho realizzato il video corso di scrittura poetica *La Nuova Era della Poesia*, per tutti coloro che desiderano scoprire con maggiore efficacia come far emergere la propria autenticità, poiché le parole sono il miglior vestito da far indossare alle nostre emozioni.
In questo libro ci sono autori con grandi potenzialità. Idee originali, a volte veri e propri lampi di genio, che però necessitano di affinamento, di un utilizzo ancora più consapevole della scritta parola.
È con questa prospettiva che bisogna affrontare la lettura di quest'opera letteraria: scoprire, come farebbe un archeologo dei sentimenti (definizione che diedi alcuni anni fa all'amico *Alessandro Quasimodo* durante il nostro primo incontro pubblico al *Festival Il Federiciano*), le universali esperienze vissute dai poeti, che coprono tutto il nostro arco vitale, dalla gioia di una nascita alla malinconia che segue la disperazione di una perdita.

Giornata mondiale della poesia

di Alessandro Quasimodo

"In tutti i casi la poesia è precedente alla prosa:
si direbbe che l'uomo canti prima di parlare."
Jorge Luis Borges

Un'antologia che accoglie numerosi contributi creativi rappresenta un punto di riferimento importante per i lettori.
L'idea di presentare un lavoro unitario, ma variegato, è merito dello scrittore, poeta ed editore Giuseppe Aletti.
Sono cresciuto insieme alla poesia grazie ai miei genitori che hanno saputo comunicare l'amore per la parola evocativa che lascia un'eco profonda dentro di noi. Scegliere un vocabolo per la sua valenza semantica, selezionare aggettivi, verbi, persino una congiunzione, vuol dire mettere in primo piano la funzione estetica rispetto a quella referenziale. In vista di questo obiettivo, a volte, assumono un ruolo fondamentale la posizione di un termine e la punteggiatura.
Se analizziamo le varie stesure di un medesimo testo, ci accorgiamo che l'autore non si limita ad esprimere concetti o a descrivere esperienze, ma utilizza un linguaggio specifico secondo precisi criteri. Egli può privilegiare la metrica chiusa o il verso libero tramite uno studio accurato della tradizione letteraria.
Anche nel mondo contemporaneo non basta andare a capo per essere poeta, ma si deve tenere conto del rapporto tra significato e significante che rappresentano un binomio inscindibile.
Analizzando Mattino di Giuseppe Ungaretti, confrontiamo le due versioni; la prima, dal titolo Cielo e mare, si presenta così: "M'illumino / d'immenso / con un breve / moto / di sguardo."
La seconda, invece, si riduce a: "M'illumino / d'immenso"
L'esiguità della lirica, rendendo ogni lemma incisivo, si presta a molte interpretazioni che si intersecano tra loro.
L'abisso scavato dalla guerra suggerisce di essere essenziali perché

è necessario riscoprire il valore dell'esistenza e delle relazioni con gli altri uomini. Tanta retorica viene giustamente rifiutata perché si tratta di ritrovare il senso della vita.
A livello stilistico, ricordiamo che M'illumino d'immenso potrebbe formare un settenario, ma Ungaretti ha voluto suddividerlo in due elementi per dare più risalto al verbo e al sostantivo per mezzo dell'allitterazione e di una sorta di sinestesia tra luminosità e immensità.
Mi sono servito di un esempio per dimostrare come la giornata mondiale della poesia debba essere celebrata per ritrovare quella sorgente autentica che unisce l'ispirazione alla tecnica; si percepisce quindi un mondo segreto e unico tramite forti emozioni.
Riusciamo a distinguere suoni aspri e dolci, un ritmo, una musicalità insieme a gioie e dolori di tanti autori che ci hanno preceduto.
Ringrazio coloro che hanno partecipato alla stesura di questa antologia con la loro personale voce.

Adriana La Via con *Tienimi per mano*

Tienimi per mano,
se dovessi perdermi
quando la luce sarà più fioca.
Abbi cura di questa madre
che ti ha cullato.

Piccola donna con tante fragilità.

Tienimi per mano,

raggiungimi nelle imperfezioni
e accettami così, strana e confusa.

Ti lascerò ogni parola,
ogni mia emozione
nei ricordi del fanciullino che eri
e sei ancora con me.

Tienimi per mano,
anche senza parlare,
io ti ascolto.

Fausto Mariano Antonucci con ❤*Versi d'Amore*

Versi per Zlata

«La neve rallenta, modifica, ti ferma per farsi ammirare meglio.
La neve riporta ad altre nevi, ad altri sguardi, ad altre vite, a tutti gli inverni,
a tutte le età che hai attraversato, anno per anno...»
Mina

Il tuo viso dai lineamenti
così dolci e imbronciati
...i tuoi occhi così chiari
col cielo dentro,
la tua pelle così bianca
come la soffice neve appena caduta,
e le tue labbra così rosse
come una rosa, rossa
resa ancora più rossa
da una goccia di sangue
per una spina...e Tu, Zlata
sei davvero *la Musa* di uno scrittore
e già la protagonista di una fiaba,
in universi paralleli❣

♥ *Love verses*

Verses to Zlata

Your face with so sweet
and pouting features
… your eyes so light
with the sky inside,
your skin so white
as a soft snow just fallen,
your lips so red
as a red rose,
made even redder
for a drop of blood
by a thorn… and You,
are truly a writer's *Muse*
and formerly the protagonist
of a fairy tale,
in these parallel universe❣

Lidia Lucilla Pozzessere con *Attimi*

Se si potesse fermare il tempo
sul tuo volto sereno di bimba,
accolto nel suo letto piumato
dall'abbraccio di occhi materni!
Lascerei le mie dita ad accarezzare
- tenerezza di pelle e respiri -
senza alcun ticchettio di lancette
a scalfire tra noi quella pace.

Se si potesse fermare il tempo
su improvvise e cristalline risa,
scoppiate in pancia e rosse sul viso
per un inciampo o gioco col dito!
Lascerei che si ridesse ancora
- anime innocenti di delizia -
senza fretta alcuna a terminare
la fraterna allegria gioviale.

Se si potesse fermare il tempo,
lo fermerei in quei luoghi sicuri
nascosti al mondo e legati al cuore,
semplici attimi atemporali.
A voi dedico pensieri in versi,
lasciati su carta a ricordare
che è solo questo a restare infine:
sprazzi di tempo da custodire.

Jole Caleffi Verzani

Dedicata a Oliviero
Testamento

Quando questo corpo
sarà sfiorito
chiuso e deposto
sulla nuda terra
non piangere
io non sarò
tra quelle brume zolle
al freddo al gelo.
Solleva lo sguardo
quando un raggio di sole
penetrerà una candida nube
e nell'infinito
vedrai flettersi l'arcobaleno
saprai quanto ti ho amato
e ancora ti amo.

Alessandro Fiorenza con *Amore*

Dedicata a mia moglie Ornella

Sento solo il silenzio nel mio pensiero
mi succede sempre, questo è vero
quando a te sto per pensare
la mente si svuota, il resto scompare
perché non c'è cosa più importante
di quell'amore, quasi parlante
che mi sussurra tra testa e cuore
riempendomi il corpo di calore

Pensando al passato, presente e futuro
sento il mio battito come un tamburo
rilassato ma forte, come un diamante
con quella sicurezza quasi calmante
perché si vede l'unione e la costanza
di un amore che quasi si romanza
incredulo ero ma mi sono ravveduto
quando in noi mi sono imbattuto

Perché l'amore è come una stella
su cui vorresti mettere una sella
per cavalcare verso l'infinito
toccando il cielo con un dito
tra le meraviglie dell'universo
in cui passeresti attraverso
anche se in realtà sei una di loro
per questo ogni volta mi innamoro

Daniela Zamberlan con *Il tempo non esiste*

Sento ancora
i brividi
del primo istante
anni sono
trascorsi
Uno sguardo
e il tutto
è esploso
L'animo
ha compreso
all'unisono
che quell'attimo
era il nostro
Nulla avrebbe
interrotto
quel legame
che già era
nato.

Corry Filomè con *Ho incrociato il tuo sguardo intatto*

Riemersa dall'oscurità,
dopo essere stata imbottita da plastiche affanni.
Affanni nello scomparire per sempre dal sistema solare.
Ho incrociato il tuo sguardo intatto.
Creatura umana dalle intense percezioni.
Mi hai donato spighe dorate delle valli del fiume Dittaino.
Mi hai ridato l'incanto della Valle di Gela che si estende fino a mare.
Piena di sorgenti. Con i tuoi atavici occhi cerulei di Sperlinga.

Riemersa dall'oscurità imbottita dalle solite angosce cortisoniche.
Mi sono aggrappata al tuo sguardo intatto. Umano.
Mi hai ridato armonie allegre che straripano sul canyon d'Alcantara.

Riemersa in quelle oscurità imbottite da inquietudini dolorose.
Ho intravisto i tuoi miraggi ravvivati in un insolito verde smeraldo.
Grazie. Ti regalo una dedica
per avermi donato tenerezze empatiche.
Le spiagge strapiene di Euforbie marittime,
straripanti di fiori giallo ambra dell'Oasi di Vendicari.
Vedrai. Che incanto ammirare quasi quaranta sfumature di giallo.
Dal giallo limone al senape, all'oro insolito crema.
All'acceso giovane giallo limone fino al dorato zafferano.
Ti dedico tutta l'isola di Ortigia. Delle cinque del mattino
quando passeggiano solo i gabbiani in piazza Duomo.
Un giorno ti traghetterò sull'isola di Pantelleria.
Ti incanterai nell'imprevedibile visione dello Specchio di Venere
Immergendoti, risplenderai
n un turchese smeraldo sorprendente.

Angelo Alessandro Pantellaro con *A Deneb*

Artista dal nome di Stella,
preziosa luce nel buio.
La tua anima ha attraversato eclettici mondi,
i tuoi pennelli impreziosito candide tele
con i pigmenti del tuo Cuore.
Hai imposto le tue leggi fra le radici della pittura ad olio,
hai domato l'ingovernabile acqua generando profondità mai viste,
hai sfidato l'impossibile nei meandri del materico
piegandolo ai tuoi progetti.
Hai impressionato i cieli nella cornice della tua magica Space-art
e aperto il mondo a nuovi colori d'anima
facendoci toccare la luna con mano;
hai consegnato aurore boreali
dove non erano mai apparse,
…e solo Dio sa cos'altro!
I tuoi pennelli, bacchette magiche…
Con la tua tavolozza prendevi il largo da questo stretto mondo
e salpavi felice per le placide baie dell'Universo.
Ti chiedevi sempre chi fossi
e quale fosse la tua missione qui.
Deneb,
hai stupito il mondo
e commosso le Stelle.

Raffaella Iacovone con *Amicizia*

Tra le lande desolate dell'animo
trovo te,
che mi tendi la mano
e mi avvolgi in un abbraccio materno
dal profumo di sereno,
pronta a districare trecce
e acucire pezzi di stoffa
su ferite amare.

Piera Aricò con *Memoria*

Come un fiume dolce, memoria
scorri dietro i miei occhi
e le mie mani si animano!
ora in carezze, ora in gesti nervosi
Come un fiume affiori
poco più in là, memoria
e giochi con luci ed ombre
sulla falsa riga di un sogno,
o di un sole tra le fronde
in uno splendente giorno d'autunno.
E scorri, ora limpido, ora
imbrigliato, ora sommerso
e nella quantità dei ricordi
solo la dolcezza di quel che fu,
e come l'acqua, sei trasportato
giù a valle, fino al mare
e lì ti perderai,
Non avrà importanza se ti sarai
nascosto in grotte,
o ricomposto in conche,
finirai nuovamente
nell'inghiottitoio della mente
nel mare dei ricordi,
disperso in mille gocce d'acqua,
ora unite tra di loro, ora disperse
Non potrò far nulla per dimenticare completamente non potrò fare
[nulla per sparire io,
dalla folla dei ricordi,
dalla follia di ricordi passati.

Carmelo Salvatore Benfante Picogna con *Al dolore*

Non posso impedirti di visitarmi,
di trattenerti come e quanto vorrai.
Ma posso impedirti di vincermi.
Ti guarderò in faccia
e ti trasformerò in sapere
e ti sfiderò con le armi della conoscenza.
Anzi, sarai tu a darmi più consapevolezza.
Ti lascerò viaggiare dentro il mio corpo
e annidarti nella mia mente
ma non li porterai via. Con te.
Non ti ho cercato,
ma non ti pagherò per andare via.
Te ne andrai così, come sei venuto.
Di certo, non staremo insieme per sempre.
Ci sei finché anch'io ci sono
ma quando non ci sarò più
sarà come se tu non ci fossi mai stato.

Maria Vittoria Cavina con *Gisela*

Nata a Parigi
da papà austriaco e anarchico istriano
da mamma istriana d'origine veneziana
orfana della sorella maggiore
orfana di padre
esule
Madre nostra
dura come la pietra della sua terra perduta.
Un faro sempre acceso per noi, coppia di naviganti.

Marina Gandin con *Passo di donna*

Dove tutto è racchiuso.
Incerto in principio
e confuso al tramonto;
leggero e sinuoso
segna un tempo
di allegria e di paura.
A piedi nudi
imprime orme
su viottoli erbosi,
scappando da lupi ingordi
e rincorrendo menzogne
mascherate da verità.
A grandi falcate
o a piccoli passi,
danzando o marciando,
accogli la vita
che spesso si scorda di te.
Corri Donna,
non ti voltare,
sempre avanti
calca quel palcoscenico
chiamato vita,
smuovi quelle assi
a passi di flamenco.
Recita la tua parte,
respira il tuo destino.

Piero Macrelli con *Le mani*

Dove nascondi le mani
quando facciamo l'amore?

Da qualche parte devono essere finite
perché le ho viste
mentre ti spogliavi
e le ho sentite addosso
quando ci siamo abbracciati

gli abiti non so dove sono finiti
ma le mani devono essere qui
da qualche parte

non sono mai dove penso che siano
e le devo cercare
a tentoni
fra le lenzuola
o sotto i cuscini

si vanno sempre a nascondere
da qualche parte, serrate

le devo schiudere
se voglio intrecciare le dita.

Gianni Passerini con *Niagara*

Corre pigra l'acqua del fiume
Forte è il desiderio del mare
E, inesorabilmente corre

Sei acqua cheta che va silente
Come il fiume cui appartieni
E ancora non sai che esiste il mare

Nebbia di spuma intorno avvolge
Rombo lontano sempre più forte
Increspa quiete di piccole onde
E di pensieri emozioni profonde

Lascia alle ripe selvagge inseguire
Il corso degli anni fuggenti

Il desiderio di violente passioni
Mentre appagato da baci segreti
Invisibili tenui carezze di brividi
Increspano la tua pelle impaurita
Ed il rombo diventa assordante

Senti dentro una musica dolce
In contrasto col tuono che incalza
E abbandona il tuo corpo la lotta

Il tumulto in seguito dall'onda
S'infrange nel perdente conflitto
Ove l'anima al cuore s'arrende…

Il brivido allora diventar passione

S'apre improvviso abisso di luce
Nuvole d'acqua e frenetici guizzi
Note inattese divengon concerto

Ed ecco che il fiume impazzito…
Si tuffa, a divenir NIAGARA

Katya Vona con *Gli abbracci (dedica a persona)*

Non mi piacciono gli abbracci. Spogliano la mia corazza di guerriera.
Non mi piacciono gli abbracci. Mettono a nudo le mie fragilità.
Ma vorrei essere abbracciata ancora, da mio padre… e sentirmi protetta
per permettermi quella fragilità che oggi un uomo non merita.
Poter gettare quello scudo senza negare a me stessa di essere forte, di
[essere stanca…
E poter tornare bambina!

Daniela Manciocchi Casini con *A mio figlio Lorenzo*

Più cresci e più mi ripaghi.
Più cresci e più mi consoli
dei dubbi e di tutti i dolori
che altri hanno inferto
a tutti i miei cuori.
Tu, mio ultimo amore,
ma non l'ultimo
dei miei due amori.
Tu, mio secondo amore,
ma non secondo
fra i miei due amori.
In te l'entusiasmo
si rinnova ancora,
in te trova alimento ancora.
Il cerchio si è allargato,
lo specchio è più luminoso.
E il compiacimento
- sottile, presuntuoso -
non uccide la gioia
di averti procreato.
Se essere felici, e ridere,
è sempre il fine ultimo ed il primo,
giocare, cantare e ridere
diventano con te sereni.

Salvatore Verde con *Dedicato a… (amara confessione)*

Non ho mai sopportato l'arroganza degli uomini,
l'invidia, gli invidiosi, i fanatici, i fanfaroni,
quelli che hanno il sorriso beffardo disegnato sul volto
e pensano di saperne sempre più degli altri,
quelli che agiscono non perché spinti
da un sentimento genuino,
ma solo per la voglia di apparire.
Volate basso, idioti.

Non sopporto chi copia volontariamente
gli atteggiamenti degli altri, le opere,
il linguaggio, la postura, il modo di camminare:
c'è chi copia persino il modo di respirare.
Siate voi stessi, imbecilli.

Non sopporto gli immorali, i lussuriosi,
quelli a cui non è cara la dignità,
quelli che vivono solo per se stessi
sconoscendo il senso dei propri cari,
il valore dell'amicizia.
Siete senza onore, incivili.

Non sopporto le persone sguaiate, i truffaldini,
quelli che non mantengono la parola data,
quelli che mentono sapendo di mentire,
quelli che per vigliaccheria
si siedono dalla parte dei potenti di turno,
quelli che cambiano opinione
con la stessa velocità dei tergicristalli.
Siete senza spina dorsale, invertebrati.

Non sopporto le persone viscide, i poveri d'animo,
quelli che soffrono per la stabilità degli altri,
quelli che ridono sprigionando cattiveria da ogni dente,
quelli che desiderano l'insuccesso di ogni persona,
quelli a cui materialmente non manca nulla
ma si consumano per un bottone della tua camicia,
quelli che rinnegano ciò che hanno detto un minuto prima,
quelli che non riescono a commuoversi davanti a niente.
Ravvedetevi, maligni.

O Signore, Dio dell'universo, abbi pietà di me peccatore.
Aiutami a discernere con odio perfetto gli errori dagli erranti.

Alessandra Grissini con *A me, che qualche volta sorrido*

Il sentiero davanti è lungo e tortuoso
Cammino sui ciottoli, ora lisci, ora aguzzi
Il cuore sbatte. Nella testa rimbomba. Si stringe. Arriva l'affanno
Succede sovente. Ma a volte sorrido
Del tempo è passato
Resta il ricordo del dolore, che è esso stesso dolore
Ora non lacera, ma, come un filamento, avvolge i tessuti e non si
[vuole staccare. Fa sbattere il
cuore. Rende i ciottoli aguzzi
Ma adesso qualche volta sorrido.

Simonetta Lucchi con *Stelle di marzo*

Sono sfiorite le stelle
di Natale
ai bordi
del bosco

che mostravi
ad occhi
curiosi
di bambina.

È tornata la cincia,
bianca, la tua,
col ciuffo
al nido.

A te altri suoni
ora il vento
trasporta.
E colori,

padre,
dischiusi
tra i petali
del tempo.

Andrea Rubini con *A Chiara (mia moglie)*

Tu sei per me come il primo respiro del mattino,
come il battito del mio cuore che infonde vita alla mia vita!
Sei il tutto dove senza è niente.
Sei l'arcobaleno dopo la pioggia,
il sole che riscalda la mia pelle e
rigenera le membra fiaccate dal tempo!
Sei la tempra del mio carattere e la parte
migliore di me che mi completa!
Sei e sarai sempre e solo il mio piccolo grande amore:
"Ti amo Chiara"!

Maria Assunta Capodarca con

Un pianto allegro, il mio dono alle anime del tempo

Poi un dì,
quel profumo nell'aria…
la Speranza.
Un pianto allegro,
la luce, il battito del cuore…
Amore,
o disperazione.
L'aura si fa densa di gesti e di parole,
tra colori e pianto.
A piccoli passi, una foglia e il vento…
Silenzio.
Suono ancestrale, il giorno e la notte…
il Mistero.
Poi un dì,
un pianto allegro…
l'Infinito.

Lucia Li Run Hui con *Mostro!*

Mostro!
Allora spaccai ogni riflesso
Morirai sequestro!
Mille auguri ascoltai
Allora uccisi ogni nesso.

Mi riempi il corpo di sangue ed ossa
e l'hai arso con invidia e sdegno.
Mi doni il battito
e lo hai incorniciato di spina rossa.

Trascorrerò incarnato nella tua putrefazione,
raccoglierò incarnato nel tuo ripugno,
infiniti frammenti
incastrati nelle mie vene.

Dal profondo dolore della mia anima
compresi una sola cosa:
sono viva.

Silvano Simoncelli con *Paese di notte*

Viottoli, archi, lampioni,
strade tracciate dal buio,
intorno un grande manto
che ti avvinghia.
Alcune gocce
scivolano dall'ultima neve,
brillano,
sono le perle, che muovono
le acque del fiume silente.
Acque, che Caronte non solca
se non con infinita dolcezza.
Le anime al ponte,
col barcone accanto,
si recano al disotto
della grande croce
che, a monito per tutti
si erge sulle punte dei pini.
Dall'altra sponda,
militari arroccati fanno festa
e la filanda fuma, vapore e bozzoli.
Attori sempre nuovi,
scivolano quasi di nascosto,
accanto alle pareti di signorili palazzi,
vecchie fisarmoniche e danze lontane,
echi di voci al mercato.
Si rinnova la festa e lo sguardo si perde.
Al sorgere del tempo,
la luce, chiude la notte in un fazzoletto,
la tiene racchiusa con un bacio
e con un bacio,
attende il suo risveglio.

Mariantonietta Zeppetella Del Sesto con
Alla bellezza ritrovata

Il vento caldo
accarezza
il mio sorriso
indossato da poco
e non ancora sgualcito.
È un delizioso assaggio
di felicità

Cammino veloce
tra il mare che borbotta
e il cielo che mi guarda curioso
è da tempo che non li guardavo così
avevo dimenticato la bellezza intorno a me.

Fabio Luparelli con *Barbara*

Furono incerti i passi prima d'ora
dove la notte si sottraeva all'aurora,
si parla senza aprir bocca
sfiorandoci come il sole non tocca
e nonostante non vi sia nessuna premura
sembri come rincorsa dalla paura,
similia similibus curantur
gli occhi agli occhi,
le labbra sulle labbra
e le mani nelle mani,
l'amore ha una sola legge;
spogliare il branco travestito da gregge,
cedere alle lusinghe
come un bimbo alle meringhe
e nel mentre che ti affido la memoria del mio futuro
del tuo tempo me ne curo,
mi riparo dietro i tuoi capelli
come una cascata di ruscelli
e nelle anse del tuo petto
trovo il caldo rispetto
del tuo cuore
per il mio amore
dedicato a te
che sei la parte più bella e aliena di me

Bruno Montefalcone con *Ti scorgo, oh luna!*

Ti scorgo con occhi di terra dalla finestra,
oh luna romita in un angolo d'empireo!
Nella tasca una carta di rimembranza
catturata fotografia di com'eri
lucente nei sogni di una modica notte,
ma sei ancora l'immago delle mie pupille
buie attese contemplano l'argentea luce.
Fintanto che osservi le umane pene,
i sogni di pace scorrere nelle vene
e tutti gli strascichi del nostro tempo,
il corpo si presta nel viaggio del vento
e meno sfinito e solingo il cuor mio sento.

Fabiola Terella con *Papà Cielo*

Dedicata a mio padre

Sfumature di luce si fondono a
profumati paesaggi regalando
capolavori visibili dalle alture:
scie, colori, frastuoni e vibrazioni
regalano emozioni
e tu,
tu non sei qui.

Fredde aurore e tramonti focosi
smuovono gli animi bussando
alla porta del cuore:
altalene di lacrime figlie
giungono all'orizzonte,
speranzose di accarezzare Te,
papà cielo.

Carmelo Elio Pontorieri con *Mille pezzi*

Adesso che puoi
Guardare ad uno ad uno mille pezzi che sei,
Scrutarli da ogni angolo per capire poi
Cosa rimane di noi.
E adesso che puoi, raccogliere da terra soltanto i pezzi che sei,
Lasciare che si perda quello che non sei stato mai,
Quello che non sarai.
Per salvare l'Anima
E le parole d'amore che hai battuto a macchina.
Ora le affidi al Sole perché le scaldi per lei,
Ora le affidi al Vento perché le porti da lei.

Francesco Tommaso De Carolis con

Alla mia piccola nipote, Alice

Ti siederai sulla sponda di un molo
e ti diranno che il mare non ha confini.
Mentivano.
Scoprirai che ogni onda
qualunque il suo percorso
sbatterà contro un pezzo di terra.
Cerca allora di avvertire
la scintilla che da subito
qualcuno ha acceso dentro di te.
Sarà difficile nel trascorrere del tempo
indifferente al tuo sentire.
Ti sembrerà impossibile
nei giorni di piena
la mente impaurita senza riposo
a fissare le acque
a stento capace
di costruire qualche argine.
Urlerai contro una sentenza di assurdo
se mai dovessi conoscere
il buio accecante.
Tu continua a cercare
quella scintilla.
È un'intuizione.
Non riesco a dirti altro.
Ma possiede
lo spazio dell'infinito,
il tempo dell'eternità.

Ambra De Francesco con *Dedicato ai miei occhi*

Agli occhi che riflettono l'orrore e ingabbiano nella paura il terrore
[della caduta
Esprimo un sentimento di coraggio che cela nella fermezza di
[fotogrammi di vita,
la voglia di risalire al di là della nebbia che tarda a diradare
La storia è sospesa, gli occhi attendono la primavera santa

Alessandro Angelini con *Ricordi d'una estate*

Tra stupore e sogno,
come De Chirico,
quei silenzi,
quelle lunghe passeggiate
sotto il sole,
nelle strade silenti
della controra romana.
Un netturbino
disseta l'asfalto riarso.
Ombre oblique tagliano in due
piazze semivuote.
Lame di luce improvvise
fuggono dai cancelli.
Pende glicine a grappoli
che tento di afferrare saltando.

Salvatore Zavaglia con *Osservando*

Placida, in pace
scende la sera,
tace ogni cosa
ricca di audacia.

Solingo e bello odo
il din don delle campane,
facente duo col flusso
d' un ruscello.

Quasi musicale
l'eco risuona
del rilassante
sciabordio del mare.

Lucente vera, ecco
la prima stella
nell'azzurrino cielo
di primavera.

Magico momento:
ora anche il buio
si muta in un solenne
firmamento.

Scende la notte con stupore,
passando nei "ricordi"
apre il domani col
sorgere di un'alba tutta d'oro.

Normando Marcolongo con *Buon compleanno*

Insieme ad altre stelle lontane
brilli con la tua magnitudo
di una luce buia e luminosa
insieme a schiarire
lo sguardo di chi è rimasto qua
cucendo e nutrendo un ricordo
che è stranamente più prezioso
di quella presenza tenera
sepolta solto l'esoscheletro
che ti avevano messo addosso
come un dosso
che rallenta la corsa.

Chissà se ci siamo capiti mai
e chissà se te l'ho dato
quell'ultimo bacio e ora tremo
al pensiero di avertelo negato.

O forse me lo sono negato io.

Buon compleanno,
papà.

Luciano Pellegrini con *Anemone epatica*

Nel bosco

Ancora coperto dalle foglie secche
Dell'autunno scorso,
Il tuo colore blu
Colpisce gli occhi,
Con i sei petali brillanti

O Anemone

Emozionato Ti ho accarezzato
E ti ho parlato.

Il profumo umido del terreno
Per un momento
Mi ha allontanato
Dalla mia estasi

La originale figura della foglia
Che somiglia ai lobi del fegato,
Mi ha risvegliato

Per seguitare a parlare con te.

Marino Marini con *A Te*

Un fuoco si ripete
ogni dì
che il mio pensiero
si rivolge
al bello che sei.

Alla dolcezza
dei tuoi occhi
mentre li sogno,
quando li penso.

Perché penso a Te
- solo a Te -
che attendi
quei versi
che avevo promesso
alla bella che sei.

Marialuisa Occhione con *Casolare di campagna*

Baglio di pietra.
Bellezza agreste di una siepe
oltre il muro ove ritrovarsi
tra le narrate pagine
di storie impossibili.
L'acqua nel secchio risale
dal pozzo, fresca, dissetante,
cristallina, al cigolio stridente
di una carrucola arrugginita.
Tra nuvole di fumo e rumore di rotaie
il treno poco lontano
fischia sempre alla stessa ora.
Dopo tanti anni sembra ancora
di sentirlo arrivare, carico di ricordi.
Uno sguardo curioso lo segue
mentre lentamente si allontana.
All'imbrunire ombre tremule
di lumi a petrolio
si rincorrono nelle tiepide stanze.
Voci antiche raccontano i cunti.
Nostalgia di un tempo trascorso.
spensierate vacanze di un'adolescenza
mai dimenticata.

Elisabetta Lubatti con *Al dolore divorante, all'anoressia*

È un rumore improvviso
mi scortica la pelle e smembra i pensieri.
Mi parla, quanto mi parla
"quello non mangiarlo oggi, l'hai già mangiato ieri"
"ora fermati a qua, direi che per oggi hai già mangiato abbastanza"
con consuetudine lo ascoltavo
"è il minimo che posso fare, lui mi offre un rifugio d'amore in cui
[finalmente posso stare"
vagavo tatuandomi convinzioni addosso
con digiuni che pungevano lo stomaco.

Il rumore non poteva da altri essere compreso,
io sola potevo
e me, infatti, sceglieva.
Mamma lo guardava con occhi gonfi,
gridavano ora rabbia ora terrore.

E allora, chiudo gli occhi,
accarezzo la coperta che mi tiene avvolta
ma qualcosa non va, non è la coperta di casa mia
il letto che mi ospita è freddo glaciale,
le persone intorno hanno camici bianchi.
Questa non è casa mia
e allora cosa ci faccio qua?
Io ti volevo bene e tu guarda cosa mi hai fatto.
"È l'ultimo gradino da sopportare, poi prometto, saremo vicini per
[sempre"
mi rassicurava.
"Vicini nella morte"
mi sussurrò piano
io nemmeno sentii
le orecchie fischiavano
e il mio braccio esile era riuscito per poco a schiacciare il pulsante
[d'allarme
e poi il nero mi prese.

Simona Artigiani con *A Carla*

Il bene in te
non si può scriver
tanto fu immenso.
Ricordo tuo
memoria preziosa
patimento d'assenza.
Scrigno di saggezza
affettuosità, altruismo fosti.
Gaudio nella tua casa,
ciclamini alle finestre,
fortezza e punto fermo.
La tua mancanza
originò in me un solco
incolmabile, durevole, irreparabile.
L'amore che mi donasti
e i tuoi insegnamenti
permeano il mio agire.
Dedico a te
questi umili versi
affinché giungano a te
come melodia gioconda
e sereno abbraccio
ovunque tu sia.

Luana Rossitto con *Più dell'amore*

A Placido, unico amore e compagno di vita.

Io più dell'amore non so dare.
La vita è una luce che hai fra le mani,
sta a te farla brillare o spegnerla
calando nelle tenebre.
I veri eletti sono quelli che sanno rinascere
non coloro che sanno vivere.
Nel tempo che non c'eri ti ho cercato
talvolta tra sogno e realtà ti vedo e respiro ancora.
Tu grande fuoco padrone di sempre
vinci i miei sensi smarriti.
Il cielo ovattato di nuvole lontane
ne culla ore e osati pensieri
Ho diviso la mia solitudine in giorni, mesi, anni
per non sentirne il dolore
e dopo, rinnovate lacrime azzurre come pioggia,
corrono a consolare l'anima spoglia.
Regalami il tempo nobile e zingaro
che colleziona memorie,
se gentile e sincero racconterà il vero
perché non so più distinguere emozioni,
però so scrivere mille pensieri.
Non sarò musa virtuale
in mezzo alle parole, di un poeta.
Ma è un osare raro,
perché oggi al foglio porgo un nome…

Carlo Bertot con *P.*

Sei stata per me
la mia luna e il mio sole,
artefice d'un mondo
creatrice di vite.

Sei oggi per me
ferita aperta,
carne viva esposta
alle intemperie del mondo.

E un giorno sarai per me
cicatrice profonda,
perenne memoria
di ciò che non è stato.

Claudio D'Adamo con *Lei*

A Susanna

Per lei…
Ti cercherò nel mare
fin nei precordi,
cuor sestante
occhi dei ricordi.
Sogno amante natura
occhi cilestri donna pensante,
blandizia la pelle
un'aura all'istante.
Parlavano in silenzio
cime vinte dal cielo
un vento scompigliò l'equilibrio
il tuo nome librava come un velo.
Occhi digiuni
accostarono labbra sitibonde
alle tue vermiglie.

Daniele Turrini con *Piazza Trilussa*

Le pietre de 'sto posto sò beate,
sò nate respirando la poesia,
altro che principi, cavalieri e fate,
noi raccontiamo la malinconia.

L'orgoglio d'esse state testimoni
di come è diventata 'sta città.
La poesia ci serve ad essere più buoni
e per guardare in faccia la realtà…

Certo che Roma non è uguale a prima.
Offesa, violentata, imbastardita,
ci hanno cambiato tutto, pure er clima,
sembra d'ave' vissuto un'altra vita…

Un sampietrino che me stava affianco,
un vecchio sercio, un gran simpaticone,
mi raccontava de quanno su la piazza
li regazzini giocavano a pallone…

Come si divertivano, diceva…
E le mamme non avevano pensiero
manco 'na macchina c'era che passava
E si giocava fino a ch'era scuro.

Li panni stesi al sole sui balconi
e le botteghe, ognuna cò 'na storia,
per vivere felici in quei rioni
non avevano bisogno di memoria.

Sapete che succede, tutte le sere a mezzanotte e trenta?

Ma mica è un sogno oppure una visione,
un'ombra si avvicina lenta lenta,
si guarda attorno e bussa a quel portone...

Vuole scappà da tutto 'sto casino,
daje che insiste ancora... bussa e ribussa,
trema, è spaventato, pare un bambino...
ancora non capisci?... Quello è Trilussa.

Benedetta Panicucci con *Ad un odierno affresco*

Cava, erano più vive le statue
istoriate ad arco vivo

in ordine sparso, sigillato
in cielo, in terra o vivido paesaggio.

In terzo prescelto coraggio
volta a crociera, galleria di uomini,
Oh bianco marmo

cavato ponderato, archiviato

nero frammento pendente
catena di monta, grottesca
tutte le centrali degrada

a blocchi assennata sfuma
l'asta resetta

dietro ad un vetro aziona, fregia.

La piccola asse si sposta, cerca
a blocchi quel particolare celato

tratteggio, spolvero

conservi un rialzo
nonché un modello ottico, mimesi.

Cava, Ad Arco Vivo Ala.

Gale Dora Collier con *A una strada di periferia*

Pende una speranza polverosa
sulla pozzanghera petrolio,
davanti alla soglia.

Sfumature di gomma.
Un rombo sottofondo
sui solchi indelebili
tracciati da una mina consunta
dal riscrivere, monotono,
il suo racconto calpestato.

Una foglia gialla spira lenta e
s'incolla alla pagina carbonella
di cronaca cittadina ingarbugliata.

S'intreccia la trama di dettagli trascurati
sotto rami spogli di meraviglie cadute
tra rifiuti reietti perfino per i bidoni stracolmi.

Un fazzoletto freme nell'aria viziata
che sfiora la tela umida, abbozzata
di cicche e mozziconi.

Sulle crepe di catrame
e buche rattoppate una patina
decomposta di biglietti scaduti e
scontrini smarriti,
sacchetti inzuppati
incastrati nei chiusini intasati.

Il ritratto di una strada qualunque.
Al muro imbrattato
la sua storia dipinta
con linee aggrovigliate,
raffazzonata e dedicata
a un artista dimenticato.

Marcello Ramacogi con *Gli Anni*

Gli Anni, irripetibili numeri se paragonati all'infinità del tempo.
Un viaggio dalla meta incerta, spesso vissuto come un orologio le cui lancette appaiono essere destinate a dettare istanti e ragione delle persone e, queste ultime, a rincorrerle come un qualcosa rivolto a perdersi in un passato dal futuro misterioso.
Eppure, come un telaio intrecciano i fili di una coperta che scalda il nostro destino, con mani ruvide e leggere sfogliano le pagine della nostra esistenza consentendoci di scrivere le nostre storie, restituendo voce ai nostri ricordi passati e futuri.
Tra gioie e dolori, vittorie e sconfitte gli anni camminano al nostro fianco come fedeli compagni di viaggio, come rughe su di un viso disegnando la mappa del nostro cammino in questo percorso meraviglioso chiamato vita.
Ma l'essere umano spesso è insoddisfatto per natura, come in una crisalide, rimane avvolto nelle sue paure perdendo l'opportunità di spiccare il volo per poter essere se stesso.
Talmente concentrato sull'apparire piuttosto che sull'essere, dimentica che gli anni sono la carta d'identità della sua presenza.
Spesso impaurito, tormentato e alla ricerca di un'apparente ed effimera giovinezza, li vede riflessi sul volto, sul corpo e intimorito cerca di allontanarli.
Non comprende che non sono suoi nemici ma bensì sono regista e interpreti del suo vivere, non capisce che la vera giovinezza non è vista con gli occhi di un viso e che la vera immortalità non è data dalla longevità degli anni, ma dalla possibilità e bellezza di essere ricordati nel tempo ognuno per la propria storia.

Alessia Purcaro con *Alla luce dei miei occhi*

Quel giorno che son nata,
Tu, un bel regalo m'hai fatto
ereditando senza fare a gara
due occhi dal tuo azzurro fitto.

Sicuramente ti avrei considerato
il mio cuoco preferito
se solo quel giorno non t'avesse portato
via, lasciando in me soltanto un ricordo sbiadito.

Ed ora che son passati molti anni,
voglio solo dirti grazie
perché, Tu, m'hai lasciato due assi
che mostro come due preziose fresie.

A te luce dei miei occhi
devo tutto, nonno Salvatore,
è da te che ho ereditato due splendidi brillocchi
sei da sempre il mio angelo accompagnatore.

Sonia Marziani con *Mi ricorderò di te*

Mi ricorderò di te amico mio,
mi ricorderò di quella passione nero bianco che ci ha fatto conoscere,
mi ricorderò dei nostri "Hey buongiorno! Come va?",
mi ricorderò della tua profonda empatia e disponibilità,
mi ricorderò della tua luce nel buio della mia vita,
mi ricorderò delle nostre mille parole scritte, mi ricorderò della paura
[che ha fatto
tremare le nostre anime più volte,
mi ricorderò della speranza dalla quale, come un ultimo scoglio, non
[mi sono mai
staccata, mi ricorderò del tuo vestito bianco e della pace sul tuo volto,
[del tuo grazie a
questo immenso universo che ti ha accolto per così poco tempo,
mi ricorderò delle lacrime scese a fiumi e della malinconia che ancora
[oggi avvolge il
tuo ricordo…
Eh sì… mi ricorderò di te amico mio.

Vincenzo Eramo con *Le Rimembranze*

Il gelido bagliore
di una tetra alba invernale
risplende sulle quiete acque
ove è poggio il misero amo.

L'ingenuo pescator si lascia sopraffare
ignaro delle insidie
che il mar cela agli stolti occhi
di chi oltre non sa guardare.

In abissi profondi,
creature senz'anima,
relitti nascosti,
frammenti di orrori.

Fioca, la luce trafigge le onde
e disperde impotente
ove il trascorso destino
immane, è permanente.

Giacque il pescatore
mentre risaliva la corrente
fissando cupo il vuoto
pallido il silenzio lo pervase.

Roberto Blasi con *Arriva l'autunno*

Primo freddo di stagione,
prepara legna… accensione,
torna il tempo della coperta,
e la finestra non è più aperta,
la nebbia ora spessa confonde
e nel prato qualcosa nasconde.
Dunque, fu acquazzone,
ma altrove fu alluvione,
arrivederci al Sole giallo
il muschio ricopre il vallo.
Arriva un cielo tinto grigio
noi in attesa del prodigio,
in attesa delle sfumature,
arancio, giallo e verdure.
Il fango riempie sentieri
vado, raccolgo pensieri.
Odore di brace in cucina,
odore di sugo… fettuccina.

Isabella Fiore

A te, caro Makoto, marito e padre di nostro figlio

Luce dorata del tramonto
fra le prime foglie,
nell'azzurro velato da nuvole.

Ultimi segni dell'inverno,
verso il tempo di fiori e foglie,
dei canti di uccelli.

Abbiamo camminato
nei viali di ciliegi,
mentre i petali smossi dal vento
volteggiavano attorno a noi
verso terra,

lungo le rive di fiumi e mari
con l'animo in pace verso il sole

e siamo insieme anche ora,
nelle dolci onde del mistero.

Fedele Francesco Petrocelli con *Stellina*

(Il canto dell'innocente)

Gira bambina,
tua la giostra
del letto malato!
Fioca la luce,
sbiaditi i colori,
gira bambina,
canta la nenia di
tua dolce innocenza!
Canta bambina,
accennato è il sorriso
dei balocchi che ami!
Canta bambina,
il Signor gradisce,
rompi l'aria
che morte stagna!

Anna Gucci con *Ad Adriana*

Sei volata via.
Vuoto immenso
Memoria cancellata
Non più tempo.
Frugo nei cassetti dei nostri giorni
Vento di vaporetti
Orgoglio delle radici
Sull'acqua o sulle ruote
Le nostre risate risuonano fragorose
Eco di sangue
Comprensione in uno sguardo
Chilometri di parole
Conoscersi e riconoscersi
Cavalli imbrigliati
E non più tempo.
Notti insonni di ricordi
Gufi curiosi che si raccontano
Magia dell'arte
Note tra la musica
Intreccio di generazioni
Battito di cuori
E non più tempo.
Giorni in bianco e nero
Colori rovesciati
Tu nostra roccia
Faro dei viandanti
Tu ora cavallo alato o aquila reale.
Non più tempo.

Angelo Pagano con *Non lasciare*

Vivi la tua vita come meglio credi
e non lasciare che siano gli altri
a dettarti il tuo cammino.
Sii fiera della tua strada, scelta col cuore
e con la mente, che non mentono mai.
L'orgoglio non diventi scaltrezza, ma
consapevolezza delle proprie scelte.
La reciprocità e l'umiltà di mettersi al
servizio dei più deboli, fa che siano il tuo credo.
La vita è bella anche per questo.

Anna Sorbera con *Cuore*

Che me ne faccio di te,
che a ogni piccolo singulto
tremi e frani in petto?
Che me ne faccio di te,
così tenero da risultare molesto?
Che me ne faccio di te,
che palpiti,
ansimi,
vibri
e non mi lasci scampo?
Tu, cuore
sei il mio più grande inciampo.

Giovanni Marchese

Scuola, a un alunno impossibile
Mi stanno uccidendo lente
lente ingiurie di una scienza oscura
che penetra l'animo e uccide il sorriso
per cui scuola è raccatto
la didattica è on line
(ahi l'ossimoro!)
il sorriso è l'evenienza
il loro potere maestoso.
Mi stanno uccidendo
e nessuno lo sa
e nessuno mi salva
La poesia muore
Il diletto, l'inessenziale
i fiori giacciono
per un nuovo dittatore
dalla cravatta blu
e una bandiera bestemmiata.

Ioana Herlea con *Cercando te*

Tra le note stonate di questa canzone,
Nelle pause tra un lampo e il fulmine
In questa grande bufera chiamata vita
Nel caos che vive dentro di me
non ho fatto altro che cercare te.
Davanti agli occhi, ma non ti ho mai vista
Chiedevi amore e non ti ho capita
Chiedevi perdono senza peccato
Credevi che Dio ti avesse abbandonato.
Guardando lo specchio,
Cercando risposte…
La luce del lampo ha fatto chiarezza.
Perdono lo devi chiedere solo a te stessa!

Antonio Tassone con *La donna*

Nella notte buia, fredda e silenziosa, un grido di dolore
si alza nel cielo. Un'altra donna ha subito violenza.
La loro vita viene tormentata, torturata senza
sapere perché! Un grido di speranza e di giustizia invoca a
modificare questo mondo arretrato per
costruirne uno migliore. Dov'è l'amore, la virtù,
la bellezza della donna, figlia, madre e compagna di vita
che cantiamo con gesti e parole. Viviamo senza
conoscere il valore del rispetto reciproco
e pretendiamo di essere amati, coccolati e aiutati
nelle difficoltà, ma poi meditiamo orribili delitti.
La nostra confusione mentale ci porta
a dimenticare che la donna è il fiore più bello
che Dio ha regalato all'uomo per amarlo, curarlo
e allontanarlo dalla solitudine. Che piacere sentirla
cantare e vederla felice accanto a una persona
che l'adora. La vita della donna è poesia e con i suoi umori
variabili e la sua simpatia incanta chi le vuole bene.
La bellezza non risiede solo nelle curve del suo corpo
o nella dolcezza della pelle, ma nella luce che brilla
nei suoi occhi e nell'allegria che esprime
in ogni momento. Amiamo le donne e la nostra
esistenza sarà più luminosa!

Arianna Marangonzin con *Poesia all'amore*

Innamoramento
In ogni dove
In anfratti del cuore
Sussurrato
Silente
Gioioso
A volte
Doloroso
Mai pago
Delle età
Delle circostanze
Delle strategie
Senza fine

Marco Valeriani con *Charlot*

Dedicato a Charlie Chaplin e al suo cinema

Maschera buffa
e movenze da clown
per strappare sonore risate
a volti malinconici o indaffarati

Eppure, se affilate la vista
mi vedrete errare da vagabondo
attraverso un mondo in eruzione
sempre serbando nell'anima
un'immutata speranza

Credo non vi dorrà sapere
che questo ometto divertente
ben vi rassomiglia
nella vostra affannosa
travagliata ricerca

Mano nella mano
a colei che mi rapì il cuore
percorro quella strada
che meta disconosce

Tanta ne percorreremo
sorridente vita dagli occhi tristi
e anche se non tutta
l'orizzonte par guardarci
con commossa ammirazione

Claudio Giombi con *Ritornerai*

Ritornerai
sorrider, scherzar
tra le mie braccia
cercando l'armonia
tra due raminghi cuori
bersaglio a ipocrisia
ed a rancori.

Ritornerai
a ritrovar insieme
gioconda euforia
che oblio d'infelici momenti
lungamente assopiti
ed attimi struggenti
ci ha per sempre uniti.

Ritornerai
ogni esitazione
dal cuore via, bandita
caparbia ostinazione
assaporar la Vita.
Ed il pensiero
aggrovigliato e stanco
troverà pace, alfine
con te seduta accanto.

Carolina Russo con *A ciò che ero*

Sei il mio fantasma,
anima persa che mi rincorri.
Più brillo più la tua ombra si fa scura,
sempre a ricordarmi
l'incombenza del buio
sulla fioca luce che mi illumina.
Forse un giorno ci riuniremo,
forse quando riuscirò
a lasciarti andare,
ma fino a quel momento
fingerò di non vederti
quando mi implorerai
di tornare da te.

Natalia Piccioni con *La cupola non basta*

Tutto comincia
all'intravederne uno spicchio
dai vecchi vicoli,
e quel rosso laterizio della cupola
squillando chiama.
T'avvicini e lei s'allarga, cresce
e dolcemente sovrasta,
gentile gigante dalle otto facce
e sei secoli d'età
che rapisce lo sguardo e tira.
Ti senti piccolo e rapito
sotto il manto
d'amorosa madre
che protegge e ripara
in austera presenza muta
che molto dà senza mai chiedere nulla
in cambio.
Ma poi accade
che lo sguardo lentamente sale su
lungo i costoloni bianchi,
fin sopra la fine lanterna
ove brilla sospeso un globo dorato
e t'accorgi che quello
è solo un granello di sabbia
che trema minuto
sotto l'immensità d'un altra volta,
azzurra e bellissima,
che silenziosa vive e sta.
È semplicemente
che la cupola non basta:
Firenze è nata per un cielo smisurato
senza forma e senza età
che l'ama da sempre.

Giovanni Gelsomino con *Se tu fossi mare*

Se tu fossi mare
io vorrei essere un'onda
così da accarezzarti quando sei agitata
così da starti sempre addosso
ma senza che tu ne senta il peso
perché sarei parte di te
e tu parte di me.

Se tu fossi mare
io vorrei non saper nuotare
così da sprofondarti dentro
e morire ma pieno di te.

A volte ci somigli davvero
quando sei agitata e anneghi nelle tue paure
ma se io fossi un'onda
mi troveresti sempre lì
pronto a riportarti a riva
a farti trovare, farti ritrovare
così da restituirti il respiro
e convivere con i tuoi abissi
la parte più buia e nascosta di te
e lasciarmi travolgere
insieme a te
anzi, da te.

E se non lo fossi
te lo porterei il mare
per mostrarti
cosa sei per me.

Alberto Rocca con *Fratello non nato*

Conducimi per mano
là dove il sole
non tramonta mai,
in quell'eterno ritorno
di attimi inesplorati,
di parole non dette,
di sorrisi
che fanno invidia agli dei.

Non ricordo
l'inizio della storia,
il tempo ormai
è nostro amico,
né può diluire questo amore.

Ho imparato a chiamarti
col tuo nome,
a lungo negato
dall'oblio della morte.

Siamo appesi
alle estremità di uno stesso filo.

Solo la coscienza può colmare
gli spazi resi vuoti
dalle indifferenze dei mortali

Roberta Cianciulli con *Un fiore racconta*

Tra le pagine del tempo
un fiore racconta la bellezza

e nella trama dei petali
un timido sorriso spunta
come luce di speranza
nel grigiore di giorni
sempre uguali

e anche nelle lunghe pause
di silenzio e senza colore
rimane sempre in attesa
che un piccolo bocciolo
annunci il germogliare
di una nuova
e profumata primavera.

Sabrina Lenzi con *Anime erranti*

Nel vortice del tempo,
senza radice né sostanza,
Danze di ombre,
mute e senza luce.
Come foglie al vento,
senza direzione.
Persone senza carattere,
senza visione.

Cambiano forma e colore,
come camaleonti.
Senza identità,
né confini, né punti.
Mutano faccia
al minimo soffio del vento.
Né stabilità,
né fondamento,
né sentimento.

Anime erranti,
senza meta né scopo.
Nel fluire dell'essere,
senza tempo né gioco.
Il loro passaggio,
un sussurro leggero.
Senza sostanza,
senza vero pensiero.

Ma nell'abisso della loro vacuità,
si perde l'anima,
in una eterna oscurità.
Poiché senza carattere.
Senza vera fede.
Restano solo ombre,
nell'eterna rete.

Amalia Papa con *Come un fiore*

Sotto il sole cocente
o sfiorato e scosso dal vento,
ha con sé sempre e solo
la sua nera pelle, ma
lui non è come un uccello,
ma come un fiore nel deserto
che non può “essere” (!)
senza rugiada,
senza le tue mani.

Giovanni Maria Mischiati con *A Paolo Conte*

Sbiadiscono dal muro
le ombre cinesi
parole migranti
sulla carta carbone del tempo
in un ballo indigeno
che narra una tappezzeria
di foglie per lo spettro d'un vento
zoppo tra avorio ed ebano
a replicare insidie da *tabarin.*
Giallo di nicotina
uno spirito rauco gioca
con i gusci d'arachide
su un tavolino cinico.
Invano cerco in tasca lo zippo
per accendermi l'ultima metafisica.

Vilso Bigi con *Vento del tempo*

Il vento del tempo
traversa la piazza,
spazza la polvere
e travolge il paese
in un turbinio di immagini
a cavallo tra passato e presente.

La gente sosta.
Parla e non sembra accorgersi
del suo passaggio.
Dalle labbra tranquille
s'incrociano discorsi
che trattano d'altro.

La torre vigile
scruta l'orizzonte del tempo.
Il paese intorno
sta pietra su pietra,
apparentemente immobile.

Imperturbabile.

Avviluppato in un presente
soverchiante.

Travolta da una folata sismica
inattesa, violenta,
la piazza rimane lì
distrutta, sconfitta,
stordita per l'ignota fragilità.

La gente passa, sgomenta.
Si guarda intorno,
scuote la testa e va.

Che ne sarà del suo futuro?

Isabella Margiotta con *Schegge di vita*

Dalla profondità delle crepe
del mio animo trafitto
ferite aperte
raccontano
alba e tramonto di un sogno.
Perdo lo sguardo
nel cobalto del mare…
onde selvagge
si infrangono contro gli scogli…
annientano i ricordi di un felice passato.
Viaggiatore arresosi
ad avverso destino…
vita spezzata dal deserto dell'assenza.
Eppur lì
dalla bianca lucentezza della scogliera
vedo emergere
fragile
l'inizio del futuro che mi aspetta.
Schegge di vita
parlano
a chi è ancora disposto
ad ascoltarne le voci.

Sara Florian con *Atterraggio*

Ansimando e trattenendo il respiro per una dozzina di ore di volo:
il viaggio sembra più breve adesso… Eppure, il cuore, oppresso,
digiuna e va rapido finché mi nutrirà la nebbia, mentre piango te,
volata via da tempo, andata via. In viaggio, a volte, ci fermiamo.

Atterro sulla laguna. Non tornare indietro… L'aria era bella e paradisiaca.
Il volo sarebbe stato lungo, lo sapevo.
Dove sei andata? Me ne vado io, invece, tu rimani!

Città senza gloria; ricca storia che luccica sul mare… Anelli lasciati cadere
nelle onde rassicurano. Le cose sono cambiate. Coste (non sicure) brillano
sotto di me, accecandomi. La pista di atterraggio si estende fino a Venezia,
languidamente erosa dai Carnevali, togliendo le maschere.

Non c'è pietà. Nessuna. La vita ti ha portato via durante il Covid.
Trascino la mia anima per le stanze di questa casa di campagna.
Atterro per trovarti scomparsa. Roba sparita, vestiti spariti, porcellana
[sparita.

Niente stoviglie, niente tazze da bere… Nessuna mano calda che ti tenga
[di notte…
Resisto a lungo. E poi ricordo di un'infanzia passata:

Rimango ferma, trattengo il respiro… lampeggiano immagini a lungo
[sepolte.
Il tempo è passato troppo veloce mentre aspettiamo; domani arriverà
[prima.

Sfioro l'urna: dentro sono conservate le ceneri. Tu,
ancora seduta nel tuo ampio soggiorno ed io persa nella nebbia della vita.

Le anime sono fantasmi sottili che si sentono perduti.
Ecco, aspetterò la luna.

Carletto Bianchi con *"Estate", buona la prima*

Già le Ragazze e le Spose Carnali
le gambe nude s'abbeveran di Sole
a gonne schiuse Prima Prova-Costume
sugli interni balconi dei Condomìni,
sui terrazzini ascosi di Periferia.
...Sulle alte irraggiungibili Penthouse
dardeggian dagli occhiali scuri
"Desnude" Veneri di Hopper
Primizie Inesplorate di Down Town.

Se in abbaglio altrove delle sabbie al mare
odori ci acetano narici
di plastiche e di fibre artificiali...
all'Ora le Donne in oli profumati
            - esposte d'ogni lato sui lettini -
alle Coniche d'ombra Variabili
ci ingabbiano Uomini Disegnati
agli Ombrelloni di Colori.

Ma se improvviso Fresco d'Arie penetra
Prima Estate d'Altronde
e ci agita piacendo nei capelli,
già smuove le fronde Altrui...
...torrido smorendo lievita
dalle Radici Antiche
ai tralci d'uve acerbe
Carnali OFFRANDES per Dioniso nuove.

Ornella Tomassone con *Dedicato a mia madre*

Il tempo non cancella il mio dolore
anche se ora ti so nelle braccia del Signore.

Ogni goccia di pioggia,
ogni alito di vento,
ogni profumo che sento,
mi fanno ritornare con il pensiero
a quel terribile momento.

Purtroppo la vita è breve,
riserva a tutti quanti
gioie e dolori
rimorsi e rimpianti.

Grazie al tuo esempio e ai tuoi consigli,
ora so che nessuno sarà vissuto invano,
fino a quando avrà un posto
nel cuore dei propri figli.

Cara mamma
cammina sempre al mio fianco,
aiutami nei momenti di difficoltà,
tu che hai saputo trasmetterci
il dono dell'ascolto e della gratitudine,
che hai saputo soffrire in silenzio e con grande dignità,
sii felice lassù
tra le braccia del nostro caro papà.

Roberta Pellegrini

Mi troverai sempre
in quel giardino
che sia estate o autunno
persa tra sogni
e realtà che punge
come le spine
di rose sfiorite.

Lucia Legati

Ai tuoi 26 anni nei miei anni,
A quel filo invisibile che agita le maree e le tempeste del tuo tempo nel
[mio giardino di poesie,
A quel passo pieno di cuore e di mille domande smarrite sul senso
[della Vita e della tua felicità,
A quel tuo cuore nel mio cuore che mi rende madre ogni giorno e
[costruisce ali di sogni,
A quel tuo sorriso di pioggia e di sole, coraggioso e gentile che dilata
[il percorso del tuo mare e
ristora il mio cielo arcobaleno,
A quel tuo abbraccio silenzioso negli spazi di solitudine assetati di
[risposte, avvolti negli occhi
stanchi ma sempre incantati da racconti di nuovi germogli,
Io auguro di sentire forte l'Amore per la Vita perché sia l'arco di
[senso dei tuoi pensieri, palpiti,
azioni e sguardi,
prodigi figli del tuo viaggiare nel canto melodioso della tua Vita e nei
[miei anni di carezze infinite al
tuo Cielo.

Buona Vita figlio mio

Anna Maria Bianco con *Dietro la tua scrivania*

(Allo psicologo)

E sei ancora lì, dietro la tua scrivania
ad aspettarmi: serio e deciso come un anno fa,
ma con un sorriso per rassicurarmi!

Sei stato la mia "àncora" e anche il mio cestino,
sei la mia giusta guida e forse il mio cammino!

Mi hai ridato la forza per vivere e amare,
ho ascoltato i tuoi consigli e mi sono lasciata andare!

Ora vivo la vita e sento di apprezzarla,
sebbene la mia sia ancora un campo di battaglia!

Ho smesso di cercare, per meglio amare,
ma tu, con molta classe, ora te ne vai!

marzo 1897

Giovanni Giampaolini

A mia moglie per il 40° anniversario del matrimonio

Oggi, ai margini della foresta della memoria,
ti rivedo giovane, mia dolce amica,
bella come il sole a primavera e
intrigante come la luna piena sul mare.
Tu mi parli senza dir nulla
del tempo bello che fu,
che è ancora e sempre sarà
nella foresta della memoria.

Gabriele Esposito con *Natura della storia passata*

Io sono la storia
che punge nell'aria
e cattura i sensi dell'amante
della natura selvaggia e potente.

Scorrono i fiumi scrosciando,
azzurre venature del mondo,
vecchi di rocce levigate
e piante nell'oblio lasciate,
s'addensano stormi d'uccelli
coordinati, su diversi livelli
nascondono alla vista le nuvole
col loro alto volo fuggevole,
si consumano le loro vite
nel futuro che bussa alle porte
e la progenie è già pronta
a dominar il cielo che tramonta,
si deforma e rinnova il terreno,
mai sazio d'un orizzonte sereno,
di produrre frutto nemmeno,
scontento è dell'ozio vano.

Natura bella e non sfiorita,
tieni stretto tra le dita
un fiore che ancora
si gode la sua ora.

Lucia Lancellotti con *Oltre*

La luce del giorno illumina,
illumina, quel breve tratto di strada
davanti a me…
Non mi basta…
Vorrei vedere oltre, oltre la collina,
oltre il mare, oltre il giorno…
Dopo il giorno viene sera
il buio della notte,
il silenzio, la quiete,
mi fanno riflettere…
Allontanano la mente dal caos
e la immergono oltre, nel profondo
del mio essere
alla ricerca della mia essenza.
Chi sono? Qual è la mia meta?
Il valore della mia esistenza?
Sogna! Non smettere mai di sognare…
Lotta e non arrenderti…
e i tuoi sogni potrai realizzare…

Andrea Neri con *A Giuliana*

Ed alla fine è venuto il tuo momento,
adesso sta a te varcare l'infinito,
quel passo, che dal crepuscolo dell'anima
porta all'oblio,
che dalle sensazioni terrene
di pianto, tristezza, dolore,
si trasforma in eterna presenza,
in sogno,
in eternità.
Un passo da compiere,
il più grave,
il più definitivo di sempre;
per passare oltre la vita.

Antonella Bonato con *Cara mamma*

Dedicata a mamma Mimma

Nascosta nel tuo cuore, presente nei tuoi desideri, un giorno nacqui.
Trasmise la vita il tuo sorriso.
Destarono la mia anima le tue carezze.
Asciugarono le lacrime i tuoi baci.
Il caldo latte dei tuoi seni mi nutrì,
e la forte mano mi guidò nei primi passi.
Vivace scalciare di una bimba vivace
sfiora la bocca, i denti, un piccolo piede.
Che dolore!
Un forte rimprovero pieno d'amore.
Perdonami ero troppo piccola per capire.
Ripetute corrette le buffe parole, imparai a parlare.
Grazie!
Colori, lettere, quaderni,
scrisse la prima sillaba la piccola mano incerta
e il tuo dolce sguardo trasfuse coraggio.
Immersa nella preghiera traspare la tua religiosità
e nel mio cuore nasce la spiritualità.
Tu sei il mio mondo ma fuori ci sono altri mondi!
Conosco l'amore, infrango le regole…
Ritardo a cena, uno schiaffo! L'unico per dirmi rispetta le regole.
Due cuori profondamente uniti,
solerte e premurosa cura senza fine
per la bambina che diventa Donna.
Una grande gioia tua figlia è Mamma e Tu sei Nonna!
Neve… una parola per scrivere una poesia e… così la composi.
E ora vedo i tuoi capelli bianchi e il tempo che scorre
e desidero che la vita ti sorrida ancora.

Diana Torriani con *Gli occhi che vorrei*

"Per scrutare dentro l'anima"

Fari accesi
nel buio della notte,
colgono sorpresi
sfumature del cielo,
che il giorno nasconde
ed avvolge stretto
nel tempo che scorre
sul filo dell'esistere.
Quante le volte
in cui questo sfugge,
nella sua rincorsa
soffocata e stanca.
È un lungo gioco
per rapire gli attimi,
dedica infinita
alla conquista d'istanti,
mentre d'intorno
la vita osserva
il ritmo frenetico
del respirare.

Tommaso Tacconelli con *Fotografia di un panorama*

Dedicato al mio paese

Quando mi affaccio al balcone
ammiro il panorama e mi accorgo
della fortuna che ho a disposizione.
La collina di colore smeraldo
illumina i miei occhi.
Il vento mite del mare mi fa sognare
un'oasi di pace colma di calma
mi avvolge.
Il bianco acceso della neve affligge di bellezza
i miei occhi e penso
alla malvagità che possediamo
per distruggere queste meraviglie.

Ileana Andrei con *Il volo dell'inchiostro*

Nuda… spoglia di ogni lustro
Precipizio nel mondo
Pieno di emozioni,
L'urlo stridente della mente
Confusa, dipinge il destino
Con la penna.

Ancora nuda… davanti a voi,
Libera, senza bavaglio.
È l'ora dei pensieri
Dell'inchiostro che vola
Lasciando l'impronta
Nella memoria del quaderno.

La penna inciampa
Nelle parole,
Dure e taglienti
Ingannevoli dolciumi,
Perenne ricordo impresso
Nel riverbero della luce
Del foglio bianco.

Giuseppina Mendola con *Oltre*

Dedicata a mia nonna

Al di là di ogni logica ci siamo noi
stelle cadenti
sogni di realtà infrante.

Ci siamo amate in un altro universo.
Niente di spiegabile… solo io e te
legate dall'amore
mai un abbraccio
una carezza
solo sensazioni nell'anima.
Un amore che va oltre la morte
oltre la logica umana.

Flavia Buldrini con *Io ti aspetto*

Io ti aspetto
da questo avamposto di silenzio
tra mare e cielo
là dove Dio segna il dito
ti aspetto
dovessi diventare una statua di sale
impietrita dal dolore
ti aspetto
di là dalle scogliere
e dell'orizzonte
ove al tramonto si spargono
petali di rose
nella chiarità cilestre
ove sbocciano tutte le attese
come aurora incandescente
di là dall'eterno splendore.

Francesco Porrozzi con *Val Badia*

Nel regno di fiaba stupenda,
tra i pallidi monti rosati,
smaglianti di grigio al tramonto,
aleggiano larve gioviali
di elfi, di gnomi e di fate.

Riccardo Massaro con *La sognatrice*

Sognava e disegnava, sul bianco foglio,
sotto i rami, di un albero spoglio.

Di ragazze, messe in posa,
e con aria altezzosa.

Tutti quei vestiti abbinati,
lei non li avrebbe mai indossati.

Perché di bellezza, si sentiva inferiore,
ma ciò che non vedeva, era la sua, quella interiore.

Una lacrima, scese sul suo viso,
che le rigò la faccia, fino alla bocca, in un mezzo sorriso.

Il vento, iniziò a soffiare, delicatamente,
come la carezza, di una madre assente.

La brezza le parlò, in un sussurro,
mentre con le nuvole ballava, nel cielo azzurro.

"Va bene, continua a disegnare,
ma tu sei una modella, non te lo dimenticare."

Antonia Dartizio con *Dalla sofferenza alla felicità*

Dedicata a un bambino abbandonato

È tardi ormai.
Guardo la televisione.
Le immagini tristi si susseguono.
Ne soffro.
Spengo la televisione ed esco.

Cammino nella notte.
Guardo ma non vedo.

D'un tratto il pianto di un bambino.
Mi allontano in fretta per proteggermi.
Dove andare?
La sofferenza non mi abbandona.
Divampa dappertutto.
Impossibile sfuggirle.

Il pianto si affievolisce.
Nel mio cuore si amplifica.
Non posso allontanarmi, ignorarlo.
Corro come impazzita.
Di colpo mi fermo.
Lo sento ma non lo vedo.
Non vedo il bambino.

Il mugolio di un cane mi chiama.
Mi avvicino subito al cassonetto.
Lo apro.
Un neonato, avvolto in un lenzuolino,
continua a piangere.
Lo prendo e lo abbraccio.
Non piange più.
Il cane si struscia alle mie gambe.
Lo accarezzo.
E rientriamo tutti e tre… felici.

Vincenzo Galdiero

Il suono di un oboe
nel tempo antico,
è sempre dolce,
sempre amico.
Non vidi mai quell'oboe
ma due lacrime scesero
dai miei occhi
per sempre inerti.

Flavio Vecchietti con *Dipingo*

Rosso, blu
verde, giallo
una nota di fantasia
uno schizzo di sogno
un sussurro di cromia
un nonnulla di melanconia
dovrei impregnarlo d'anima
di sensazioni di luce
non ho manetta per la spatola
magari evidenzio a china

Marta Pirazzini con *In punta di piedi*

A Carlotta

Dal non sapere
della tua esistenza

al conoscerti
nel silenzio più nascosto.

Sei entrata nella mia vita
nel sussurro, nel segreto.

Ti ho vista per la prima
bellissima e unica volta.

Occhi che gridano
di non essere abbandonati.

Ti stringo e mi sembra
di conoscerti da una vita.

Una vita in cui
mi hai vista crescere
e io ti ho vista maturare
Insieme.

Ora siamo cuori
intrecciati
che forse non si
scioglieranno mai più.

Bianca Zamponi Betti con *Fieno nel cuore*

Fieno,
cagnolino mio.
A te dedico
i miei sorrisi,
le mie risate
anche se rare.
In questi giorni bui,
tu vali più di ogni medicina.
Per te vale lottare,
per starti vicino,
ancora qualche giorno,
prima del prossimo
nostro saluto.

Tiziana Gerardi con *Dedicato alla percezione (la creazione di un ricordo)*

Occhi verdi è la diapositiva
presente nel profumo che esce
dalla cucina dello studio
come pietra eterna sulla spiaggia.

Il filo che collega i due pali della luce è lungo
ma è il filo della luce,
vita e morte.
La lepre vince ma poi muore
la tartaruga perde ma poi vive e vince.

Giallo sole di margherite e rose,
di fascia per capelli e pompelmo,
di impermeabile bagnato dal forte temporale
che cerca invano di spegnere
il suo colore e calore.

Igea Arnao con *Ode al gatto*

Dedicata alla maestosa magia del gatto

Il gatto,
non somiglia a nessuno il gatto,
abita la terra.
Il suo piede fiero
sfiora il terreno,
il suo corpo elastico
conosce altezze sconosciute.
Annusa le iniquità umane il gatto
e avanza indifferente
e solenne.
È unico e perfetto il gatto…
inarca il suo fiero corpo
ad accogliere carezze.
Vibra all'incanto dell'amore
che cerca all'aria libera da inganni.
Scruta il mondo
con i suoi occhi d'oro,
e poi si raggomitola su se stesso
come soffice sogno
e vigile dimentica il mondo.

Morgan Radice con *In memoriam*

Tu mi guidasti in questa vita,
Disincanto per natura,
Ora che so chi sei
E cosa facesti di me:
Mi diedi in libagione
Tra fiamme e macigni
Alla corte della nera scure.
Nessuno io sono
Nessuno io potrò più essere,
L'oltretomba della memoria
È la falsità dei sogni…
Piangevo col cuore
Ma gli occhi bruciavano
Così nel profondo
Che la morte assaporava la vita:
Un re nel suo palazzo
Chiede alla figlia
Di portare la testa del suo amato!
La mente persiste anche dopo
Questa mia inesistenza.
La volontà dei baci tuoi
Riecheggia nel vuoto…
Il gelo dei sospiri
Domina e scatena!
Il grido di evasione,
L'urlo dei demoni.
Mi condanni ad annichilire l'amore?
Sovrana del mondo
Me distruggi
Se non posso te amare!

Armando De Gregorio con *Tramonto*

Tracannami di maestosi rubini.
Orizzonti e interminabili spazi.
Di canti melodici e barlumi di verità.
Di apocalissi color pastello,
attimi sconcertanti.
Questa tinta sfuma ed in croma si eleva.
Nel contemplare questo atto divino,
scorre il pennello.
Ed in questa tela che la mia arte respira.

Paola Virgili con *Albe di grandi città*

Dedicata a Milano

Albe di grandi città
senza orizzonti
trascoloranti fra grattacieli,
albe fitte di antenne
e di lente volute
di fumi bianchi
albe di volti stanchi
sfibrati da sonni brevi.

Albe di grandi città
dove la morte è
infine
un lungo sonno
ristoratore
di stanchezze antiche.

Alessandra Sanna con *La luce sei tu*

Ho avuto fortuna ad incontrarti,
E me ne accorgo solo adesso.
Ho avuto coraggio,
Perché a volte ci ostacolano i momenti più bui,
E solo tu mi hai insegnato a non avere paura.

Fabrizio Ingitti con *Dedicato alla terra*

Il vecchio e il silenzio,
Lacrime di Dio nel metallo della notte
Non lavano il dolore dalla selce,
Il vecchio e il silenzio,
Urla nel vento esplodono tra le colonne,
Eco lontana di colore e festa,
Un vecchio nel silenzio
Il sussurrare degli angeli di pietra,
Piangono nella foschia i demoni pietosi,
Un vecchio nel silenzio
Lo Struggente ultimo cammino di antichi padri coltello nel tempo,
Il vecchio nel silenzio,
Sale il pianto dai sepolcri improvvisati,
Saturi gli orci del dolore,
Il vecchio nel silenzio
Spingi vecchio le tue preghiere,
Infila le parole nel costato di Cristo,
Affinché il dolore misto al sangue giunga al suo cuore.

27 marzo 2020

Alessandro Di Pasquale con *I vicoli*

Dedicata alla libertà di pensiero

Volano alti i pensieri
tra le strade
del paese in valle.
Non conoscono vicoli troppo stretti
o divieti
che possano ostacolare il loro scorrere.
Le anime rincasano, un cane abbaia in lontananza e i piccoli negozianti
[abbassano le serrande
stridenti.
I pensieri non si danno pace.
Non hanno dove riposare.
La luna concede loro la sua materna luce
ma ostinatamente attratti verso i lampioni
terminano il loro viaggio.

Erika Calvi con *Marina*

Nasci acqua cheta e trasparente
Pura zampilli nuova di sorgente
Corri fresca tra verdi steli
Torrente allegro fra i sassi ti sveli
Cresci forte ed impetuoso fiume
Ti lanci ad unire ad altri le tue bianche spume
Mischi le tue acque per ritrovar te stessa
Vorticando in un corso che è la tua strada maestra
Ti butti a capofitto verso il mare
Del suo sale e odore ora vuoi cambiare
Esplodi sulla foce tra le alte onde
Ti appropri delle conoscenze più profonde
Ti guardo dalla riva tranquillamente
La baia è una Marina ormai splendente

Francesca Refolo con *Alla mia Silvia – Cantico*

Hai del mandorlo in fiore il delicato candore,
della luna il fascinoso richiamo che imprigiona i pensieri,
il vitale vigore del sole potente
che appartiene all'eterno.
Come il vento impetuoso travolgendo trasporti,
e come la notte avvolgente vegli sui sogni.
Tua è dell'acqua la refrigerante freschezza
e la pioggia battente è l'immagine del tuo sfoggio verboso.
Tenera sei, come tenere distese erbose
finemente odorose,
saettante come schegge di nubi rigonfie
nella tua effervescenza.
E l'interminabile confine del cielo è del tuo nobile cuore…
…
In te si compendia l'ineffabile bellezza del creato.
Laudato si, mi Signore!

Anna Tagliafierro con *Respiro*

Ahi! È l'esclamazione
che fai anche se dolore non hai
il dolore è un'altra cosa…
lo avverti,
mentre ti corre lungo la schiena,
ti pervade tutta,
ti toglie il respiro,
il respiro che ti fa vivere,
il respiro dell'aria pura,
il respiro della gioia,
quel sollievo che hai
di respirare a pieni polmoni.
Il respiro caldo dell'amore che
si consuma tra due amanti.
Il respiro della vita,
quel respiro leggero
che la vita ti toglie.

Cristina Milani con *A Natasha*

A te che sei la mia innocenza,

“Il tuo sentirmi mi inebria e confonde,
bellezza e profumo dissetano l’ anima.
Forza elegante nel tuo incedere leggero e divino.
La lucente criniera tra i raggi di un rosso tramonto,
e lo sguardo rivolto a quel Sole laggiù in fondo,
danzante al trotto,
sciogliendo per incanto i recinti della prigionia
per raggiungerlo”.

Anna Maria Castelli con *Ricordi per Riccardo*

A un nipote che chiede un ricordo significativo della tua vita…:

Questa lunga vita
che non è finita
e come carne viva
di progetti piena

Tu mi chiedi invece
un ricordo vero
come fossi ora
monumento al tempo

Scelgo fra i ricordi
quel momento vero
quando quella donna
per tutte prende il cielo

Perché quel ricordo
mi mantiene viva
fa di me una storia
che racchiude tutte

Donne nel cammino
che non è finito
come un lungo viaggio
mano nella mano

E ci troverai
se lo vuoi capire
nonne, mamme, figlie
terra, radici e cielo

Italia Chianello con *L'umano conforto*

Al durevole vagare
dell'intima essenza
dal cielo in veglia
coccinella impensata
provvida piove lieve
a carezzare mano d'ossa
rinsecchite nella storia
di carne consunta
in brandelli di polvere
snudata di soave soffio
nel racimolo del mio vissuto.
Suo pertinace ardire
nodosi intrecci
da ricorrenti affanni
cattura su distesa pianura
lo sguardo perso all'orizzonte
di fidato tramonto
e passo passo muove il cuore
a riprender sua nativa indole
nel caldeggiare prodigio di vita
con l'umano conforto che doma
l'avanzar dei suoi lupi.

Sergio Benedetto Sabetta con *Acque - "Pantheon"*

Luce sparsa, infranta nel tremolio dell'acque
riflessi di giganti bloccati nel marmo,
tritoni barocchi, colonne romane,
nel velo dell'imbrunire
gialli lampioni proiettano ombre
sull'ondulato specchio di una fontana,
su di essa affacciata stemperi le tue ansie,
insieme pattiniamo, scivoliamo in una storia infinita
nel malizioso sguardo di flessuose Ninfe, antichi Dei,
perdendoci di fonte in fonte,
zampillo, riflesso di noi.

Guido Gronda Bertolino con *La finestra*

Lama di luce passa tra gli scuri
Un nastro di pulviscolo costante
Cerca la mano di fermarne il corso
Un attimo… E riprende il suo vigore.
Tappeto dove corrono i pensieri
Nuove sfide o ricordi miei di ieri.

Spalancata sul cielo della vita
Ne abbraccia l'orizzonte, la imprigiona.
Avvezza al vento ne contiene l'urlo
Porge l'orecchio al vociar del borgo
Profumi e canti ci dispensa fiera
Poi intima e discreta nella sera.

Nascosto desiderio tutto mio
Se per destino sarò meno vivo
Davanti a quella grande voglio stare
Poco importa dove saranno gli occhi
Se il vetro stillerà tutto il suo pianto
Non ti affannare se c'è troppo sole
Sarà sempre sereno, lì, il mio cuore.

Matteo Carlocchia con *Dedicato a te oh mare*

Al tramonto sul mare, danzano le onde,
con dolcezza si infrangono sulla sabbia tonde.
Nell'anima risvegliano un'armonia soave,
un canto di pace che il cuore ci trascina in alto, su una lunga stave.

Il sole dipinge il cielo d'arancio acceso,
le nuvole danzano dorate, in un etereo processo.
La brezza marina accarezza il viso con amore,
e l'anima si placa, si rinnova con ardore.

In quel momento incantato, noi e il mare siamo uno,
uniti in una sinfonia eterea, in un canto bruno.
I pensieri si dissolvono nel blu profondo,
e l'infinito si apre, un mondo irrequieto, nascosto nel mondo.

Le onde si susseguono, leggiadre e forti,
portando con sé segreti, racconti e ricordi torti.
Mi cullano con dolcezza, come una nenia sospirata,
mi trasportano in un mondo lontano, in una terra sconosciuta, dimenticata.

Nell'abbraccio del mare, trovo la mia quiete,
la pace che tanto ho cercato, la serenità che mi promette.
Mi immergo nell'infinito, nell'eternità dell'onda,
in un istante di calma, nel cuore di una profonda.

Davanti a questo spettacolo, mi abbandono e mi perdo,
nella poesia del mare, nel suo canto più sordo.
Che riecheggia nell'anima, in un'armonia senza fine,
nel tramonto sul mare, dove il tempo non ha confine.

Gabriella Greco con *Primule colorate e divertenti*

Primule colorate e divertenti profumano l'aria intorno
Rinascita e speranza… Sono i fiori di un nuovo inizio
Inverno reca via con te gelo, mestizia e l'acre odore della polvere da sparo
Mandorli ricopritevi di tanti piccoli fiori bianchi
Amore eterno tra Fillide e la diletta Acamante
Vivere e tornare a sognare un mondo migliore
E ascoltare nell' aria intiepidita dai raggi del sole
Risate giulive di bimbi che svolacchiano liberi come farfalle
Arriva Primavera e avvolgi tutto con il tuo mantello color arcobaleno…

Fernanda Cinque con *Sul filo*

Donne in cammino sul filo sottile che sembra resista alle sue aspettative,
a volte è tenace e pare d’acciaio,
talvolta spinato come in un rosaio,
talvolta saldato con tante giunture che si attraversano con mille paure,
il filo prosegue nella sua direzione e cammina cammina succede che
[spesso, si sfaldi
la trama e si spezzi, di netto.
Così è necessario per proseguire, munirsi di ago, ditale e pazienza,
ce ne vuol tanta per non inciampare e tender di nuovo quel filo sottile,
di lana, di crine o di grande passione che resiste a quei nodi che ti
[voglion fermare e
ti dà quella spinta che d’un tratto ritrovi che ti sembra un miracolo
[dai mille colori.

Desiderio Manuel Segundo con *Sardegna meravigliosa*

Sardegna mia, terra di mare
E di una sorte amara
Ma che sorridi all'aria
Con il sole che ti bacia
E la gente che ti abbraccia

Terra di lavoratori
Descritti come pastori
Ma siete voi i salvatori
Di un mondo che ha perso i suoi valori
Con la vostra umile carezza
Frutto della vostra naturalezza
Che non rifiutate neanche quel bambino
Che con voi condivide un cammino

Sardegna dei miei incanti
Che mi sorride ogni tanto
Anche se non conosco il tuo canto
Sei la madre del mare blu
Dove giace il sangue innocente di chi cerca libertà
Che non solo riflette la bellezza del cielo
Ma fondamentalmente la magia del bello

Sardegna mia, Terra che non mi ha partorito
Ma la vita mi ha insaporito
Vergine madre della solidarietà
In un mondo che dimentica la sua originalità

Tu sei la ripartenza
Di chi si è perso per strada
Sei i punti cardinali di chi non ha una bussola
La via di mezzo quando si cerca un intero pianeta

Sei tu! La terra dei colori dei sogni di una vita
La meraviglia di sentirsi liberi.

Alessia Caparrotti con *Inchiostro nero*

Che voglia di fuggire,
quant'è difficile resistere.
Ma ancora più difficile è accettarne la presenza,
di questa paura opprimente,
che mi colpisce alle spalle
che mi incatena le caviglie
e mi impedisce di arrancare
verso una destinazione che prima
raggiungevo solamente camminando
e godendo
dei colori del panorama.

Adesso vedo solo nero.

Nicola Canestrari con *21 marzo*

È la primavera che desta il mondo
dal suo lungo e gelido sonno.
Con un lieve tepore gli dona colore.

È la primavera
che fa risorgere
anche il più morto degli alberi.
Lo veste con chiome nuove e raggianti.

È la primavera
che fa sbocciare gemme preziose,
promette frutti nuovi
e restituisce all'uomo
gusti silenti da tempo.

È la primavera che dipinge i prati,
popola i cieli
e risveglia i boschi.
Con un tono dolce e delicato
mette in moto tutto il creato.

È la primavera
che porta con sé il desiderio
della bella stagione
e di esperienze nuove.

È la primavera
che ti sfiora
e ti chiama alla Vita.

Alfonso Mezzacapo con *Ad una musa*

L'ho fatto ancora, ti ho sognato ancora;
è stato un sogno meraviglioso e intenso.
Su di me e sulla mia pelle il calore del tuo corpo,
spero non vada mai via.
Perdo i sensi e ho perso il cuore:
forse è stata solo la fantasia
ma mi manca l'aria se penso
possa accadere ciò che non faccio altro
che immaginare e sognare.

Melissa Giuseppina D'Apote con *O mia capitana*

Tu sei
la causa dello strappo
dell'anima, la mia,
stanca d'amore,
divorata dal desiderio di
averti,
amabile e donna,
mutata di aspetto e di carattere.
Vivo
con la certezza di essere misero,
di condurre un'esistenza senza
il tuo odore, acerbo come io sono.
Prego
la luce divina di
darmi la pace che merito,
credo di meritare,
priva di ostacoli e disavventure
poste da te.
Vado
sopportando le fitte di dolore
che tu mi infliggi,
con la sola tua presenza.
Giudicami
per non agire di furbizia,
per non adattarmi ai tuoi ideali
puri, veri, pieni di stranezza.
Mi dileguo
dalla tua vista quotidiana.
Mi condanno
per aver fatto di te la mia capitana.

Annunziata Peluso con *Ad un amore impossibile*

Ti aspetto in silenzio,
lo sguardo fuori dalla finestra,
mentre fingo di interessarmi a ciò che non sei tu.

Tutto scorre secondo il filosofo,
tutto passa in questo universo.
Il mondo gira e gira ancora,
le lune appaiono per poi sparire,
ma l'impeto nel mio cuore non si placa,
alla tua vista solo si appaga.

Il desiderio arde di un fuoco imbottigliato, ingabbiato, transennato…
La passione spinge per evadere e liberarsi,
eppure, deve restare qui, trattenuta…

È un gioco di anime che si ritrovano,
si rincorrono, si nascondono
e in questo gioco resterei bambina fino in fondo.

Tu plachi le mie angosce,
poni fine al mio vagare,
il mio corpo è un mare calmo
quando incontra il tuo,
vibra per lasciarsi andare,
vola in alto in ogni dove,
per poi presto riatterrare
e scontrarsi contro un muro
di orrendi non si può.

Eppure, ciò che provo va oltre il tempo e il mondo
e ti aspetto,
in silenzio,
per avere tutto, in un solo secondo.

Valentina Carota con *Origini*

Ci abbracciamo forte
Senza parlare
Portiamo in noi ferite e mancanze
Di generazioni ormai andate
Cicatrici che non vedevamo
Ma che hanno continuato a sanguinare
Attraverso di noi
Io divento madre e voi diventate parte di
Me
Le tempeste si placano
Il mare si calma
Rimangono il calore
Di abbracci profondi
E l'amore che scorre nelle vene

Giulio Santosuosso con *Alla mia Venere*

Figlia di Urano,
ti ho vista passare:
una stella cadente
atterrata nel mar del mio cuor.
Dall'onda di passione,
arrivata sulla spiaggia dei miei sentimenti,
sei uscita tu, Mia Venere,
riempiendomi di vita.

Anna Maria Amoruso con *Per il tempo*

Dedicata ai figli, Adriano e Ivana

Per il tempo che vivi,
tuffati nel verde o nell'azzurro,
ogni respiro sarà talmente lieve
da sembrare alito di vita,
attimo di sublime creazione,
nota di oblio…

Per ogni tempo della sofferenza,
lavora e prega in silenzio.
Sarà tregua silente
ogni pulviscolo di serenità.

Per ogni tempo del sorriso,
riprendi e fai scivolare
dalle dita riccioli biondi
infantili e giovanili,
amabili scintille colorate dai tuoi occhi,
morbide guance e labbra rosate.
Dietro ogni sorriso spontaneo
avvampa la luce dell'incoscienza
o la maturità disarmante
della senilità.

Per ogni tempo di contrasti e di guerra,
ricorda di non essere il solo
ad aver subito ingiustizia o violenza.
La freccia dell'odio
colpisce inesorabile,
prima ancora dell' avversario,
chi la scocca per primo…
Non basta la tregua, serve il perdono!

Per il tempo che resta,
ogni volgarità sia schiacciata
la vita è il dono del tempo
da non calpestare.

Dora Colussi con *Figli*

Non siete la cosa più importante
bensì la più bella che curiamo in ogni istante.
Non siete la ragione delle nostre vite
siete l'orgoglio di vedervi crescere senza spinte
Non siete un'amore incondizionato
siete un incommensurabile affetto confinato
Non siete il nostro completamento
siete il nostro agitato arricchimento
Non siete i nostri followers
né noi i vostri influencer…
Non siete come noi
siete perfettamente voi
Quanto sforzo essere semplicemente voi
Quanto impegno essere imperfettamente noi

Federica Saulli

Danzo sulle punte
negli angoli della mia vita
disprezzata mai osannata,
solo con il coraggio di avanzare
con i raggi del sole per capelli
ed un demone per amico.
Cammino dritta e non mi volto
ti lascio indietro
seduta su una panchina.
E cammino.
Cammino…
Ti lascio lì
a riposare.
Troppo a lungo stanca.
Troppo a lungo sola.
Adesso è ora di volare
volare lontano…
Applaudendo la mia nuova me.
Benvenuta anima bella!
Benvenuta me.

Roberto Aragno con *A te almeno un fiore*

Un ricordo ti si affaccia nella mente,
quando un dì ti recasti al camposanto,
nella ricorrenza festiva di Ognissanti,
per ritrovarti con i tuoi cari estinti.
Lungo il viale alberato,
come da flebile fiato attratto,
lo sguardo ti si è posato
su una lapide con la foto di un bambino.
Spento il piccolo lumino,
vuoto il vaso senza fiori,
intorno terra d'un verde incolto.
Pareva una tomba abbandonata,
da tempo in apparenza trascurata.
Sul nudo e freddo marmo
un epitaffio un po' sbiadito:
"Il fato ti prese giovinetto.
La vita ti fu breve, ma felice.
Volasti tra gli angeli nel cielo
ed ora albergherai in paradiso".
Lo so cos'hai pensato:
quell'angelo andava ancora ricordato.
Dei crisantemi che avevi in mano,
in empito d'amor, li posasti piano
accanto alla sua foto, sussurrando:
"piccolo, solitario, amore ignoto
sempre in pace sia il tuo riposo".

Franco Boffa con *Nunc pede libero pulsanda tellus*

Dal tuo umile, sacrificale silenzio
un canto si è levato potente
che ha travalicato i confini polari
e risvegliato l'anima del mondo.
Il tuo universale respiro,
unifica le comunità dell'uomo
e accende uno slancio nuovo nelle coscienze.
Alexiei Navalny! Astro che ha fuso
l'acciaio delle carceri siberiane
e ridotto in polvere le colonne
del tempio della tirannide.
Nel giorno in cui hai immolato la tua vita,
preceduto dai giorni cruenti
di quanti ad iniziare da Anna Politkovskaja
prima di te sono saliti sul patibolo,
essi ti hanno affidato le loro mani
perché, intrecciate alle tue,
proseguano nell'irreversibile cammino di gloria.
Si alzano il profumo dei fiori ed i colori della primavera nascente,
irrorati dal pianto di mille pupille,
e rendono splendenti le pagine di un vocabolario nuovo,
scritte dal loro esempio,
dal tuo esempio, che ha reso perenni le ore del 16 Febbraio 2024.
Quel giorno, senza più fine,
attraversa la terra ridestando gli umani,
chiamati ad una redenzione nuova,
che congiunge i confini del globo a quelli dell'infinito,
dove i limiti scompaiono con il volo delle ali
che effondono il dono assoluto, quello della libertà:
Ave Libertas.

Marcello Maria D'Amato con *Femminicidio*

Lui, in preda a gelosia,
orribil malattia,
ha spento il tuo sorriso.
Sereno il tuo bel viso.
con l'abito da sposa,
n mano una mimosa
in pace ora riposa.

Eleonora Castelmezzano con *Al lago*

C'è bisogno
di lentezza,
di respirare,
di non parlare.
E la tenerezza.
C'è bisogno
di ascoltarsi,
di guarire,
di non sparire.
Rimani per un po',
ancora qui,
nelle mie esili braccia:
dove non serve niente.
Servi tu,
i tuoi riccioli
neri, belli,
il tuo odore
di panni puliti,
il tempo che si ferma
non appena tu
e poi,
all'improvviso,
io.
Muore il sole.

Anna Maria Coltro con *Alla poesia*

In cerca plana quell'ala
nera
col suo grido rapace
sempre uguale
nell'eterna cieca lotta
che mai muta sotto il sole.
Anche per me
nel rosario dei giorni
non si arresta la contesa
che mi lacera in ogni istante.
Da un antico duello urge la mia parola
la matita resta a mezz'aria
il nero del tratto non torna
ancora indugio in pochi versi deformi.
L'oro di ciò che è
l'oro di ciò che è stato
dall'imprevisto è scaturito,
intenso e inatteso
irraggia l'esistente da altri cieli,
il mio canto.

Elena Gagliardi con *Armonia ed equilibrio nell'essere*

Io ragione
Sono pensiero…
Esisto in te illusione.

Io illusione
Sono dissolvenza…
Esisto in te ragione.

Ora siamo.

Sì… siamo in un gioco infinito…

Ci abbracciamo ed insieme ci muoviamo.

Immersi…
In un vivere definito.

Per le scelte del libero arbitrio…

Samuele Mottola con *Ritmo*

Conosco un modo per far andar via la follia
per battere matita con l'allegria
per viver sereno
con la Poesia.

Maria Vittoria Morandin con *Voce al silenzio*

Tacitamente, sull'eloquente carta sospiro:

Al tenero silenzio di due amanti,
cui cedono voce respiro labbra sguardo
e che si assopiscono nell'illusorio desiderio.

Al lontano silenzio dei desideri inespressi,
che contempliamo ancorati alla terra
depositandoli nelle stelle.

Al singhiozzato silenzio di chi ha tanto da dire,
ma che non ha fiato
o lo vuole conservare.

All'omertoso silenzio di chi ha paura,
che sa ma vorrebbe non sapere
e scuote la testa e abbassa gli occhi.

Al patetico silenzio della vergogna,
che serra il riso e l'anima
perché tacere ha meno responsabilità.

Al bizzarro silenzio dei curiosi,
che preferiscono non impicciarsi
crogiolandosi invece nel rumore altrui.

Al dolce silenzio di una madre,
che orgogliosa dona il pensiero alla sua bambina
e lascia parlare lei.

All'elegiaco silenzio delle fotografie,
che ricordo muto e fermo di felicità
convalidano il sereno.

Al raccapricciante silenzio della fine,
che preavvertiamo travagliati con fiato mozzato,
spazio d'oblio tra le tessere di questo mosaico.

A tutti i silenzi che fanno traballare e invermigliare;
noi persi in un mondo sì silenzioso.

Massimo Reviezzo con *Juorn ca nun torneno chiù*

Quann'ero creaturo tutto era chiù bello
tutto era chiù doce
tutto era chiù pulito.

Jucav cu ll'amici mie fino a scuria
l'unico pensier eren e lezione.

Eremm semp allegre e tenemm u munno mman
ma nun'u sapem.

Vuless turnà arret e truvà ancora chill'amici sincere
ma nunn ce stann chiù.

Chi è partut, chi è muort, chi sta n'galera, chi s'è fatt Prevet e chi Carabiniere.

E io sto ca
a ricurdà a chill tiemp felici cu i frat mie
cu mamma e papà

quann a sera m'aspettaven a casa
tutt'assieme pe cenà.

Juorn ca nun torneno chiù.

Hamza Jaidi con *Riflesso nell'oscurità*

Una silenziosa lama
Riflette nell'oscurità
Il sangue brama
Accecata dalla crudeltà

"Uccidilo adesso"
Sussurra la follia
"Vuoi tornare depresso"
Minaccia la pazzia

Ormai scorre nelle vene
Continuerà a uscire
Spezzando le catene
E tutto potrebbe finire

Giorgia Fittante con *Dedicato alle mani di mia madre*

Nevroticamente ferravi
le mani,
con le unghie smaltate
dalla terra
da cui sradicavi alberi per il fuoco
in cui fondevi l'oro tuo.
Tu seguivi le linee sul palmo
congiungersi alle rughe sul dorso,
quelli, i viaggi della tua vita.
E mentre ti scorrevano
tra le dita
i grani
con cui contavi i sacrifici
tremava la fede,
anche quella sull'anulare,
ma tu agganciavi saldamente
le unghie alla carne:
nel setaccio della rinuncia,
tenevi stretti noi.

Francesca Lombardi con *A papà, co tutto er core*

Nel cielo c'è papà che canta e sona,
Co 'a chitarra in mano sorride e intona,
'Na melodia che parla d'amore e de coraggio
D' un uomo che su 'sta terra ha finito er suo ber viaggio.

E mo se ritrova in cielo circondato da tanti amici de na vita,
Che cantano co lui la gioia infinita
De potecce protegge dall'alto e stacce vicino ancora,
Anche se non se potemo più abbraccià stretti come allora.

Papà sona e la tristezza le note portano via,
È felice e l'aria s'arricchia de magia.
Er sole se riaccende colmo de stupore
E la luna je sorride sentendo quer calore
De na musica speciale, soave e sconfinata,
Che ce riempie er core in una notte incantata.

In quel cielo papà sona e se emoziona.
La musica rimbarza sulle stelle e le spintona,
Cambiandole de posto ad una ad una in 'na danza piena d'energia
E noi quaggiù pieni de nostalgia,

Sognamo de rivedello pe du menuti ancora,
Pe daje un bacio almeno 'na vorta sola e
Poteje di grazie de esse esistito,
De esse stato un grande uomo,
E de non essersi mai smarrito,
De ave vissuto 'na vita piena de bene ed onestà,
E stringendolo forte, dije grazie papà!

Carla Perez con *Piccolo angelo*

Il tempo passa ma tu rimani lì
immobile
impresso nel mio cuore,
come un bambino di bronzo scolpito nella mia anima. Quante volte
[ho cercato i tuoi occhi,
il tuo sorriso,
e ti ho cercato tra le stelle,
per vedere una luce che riempisse il mio cuore.
Ti vedo correre tra le nuvole,
e giocare con le piccole e fragili ali che vorrei custodire, come fossero
[piume.
Tu,
il mio piccolo angelo.
Farfalla dei miei sogni,
in cielo e oltre le stelle.
Aspetterò il giorno in cui potrò volare insieme a te,
e potrò stringerti forte
per non lasciarti più andare.

Corradino Corrado con *Auguri dal cielo*

Ho visto la tua anima,
affacciarsi al mio balcone,
incarnata in una tortora
in mesta posizione.
Ho udito il tuo silenzio
squarciare la mia mente
e con forza dirompente
parlarmi senza accento
per la gioia di un momento,
ma appena il mio pensiero
abbandona lo stupore,
scompare nel grigiore
della nebbia
senza fare rumore.
Un caldo alito
dalla quiete generato,
nel mio petto penetrato
come suono di nenia trionfale,
mi ricorda che oggi
è giorno di Natale.

Mario Ducale

Quando riordino casa,
tengo sempre una sua foto a portata.

La guardiana dei miei sbagli,
civetta inquisitrice, mi ammanta di sguardi,
il rintocco di un errore, l'ora rivelatrice,
un sonno grondante s'un letto di spine.
Il perdono implorato, lei che veglia
sul respiro pesante, mi sento osservato
dalla corte intera, imputato in pubblico,
un mostro da fiera pel suo orgasmo ludico.

Sposto libri, muovo polvere,
ammasso colpe sepolte in bivii
che appaion di notte, tu che ridi
e mi infondi di note che stridono
e si riscrivono i sogni e alle volte
vorrei non svegliarmi.
Averti sottopelle, un miasma tetro
di segni che sorgono, come squarci su tele,
riaffiora il tossico, e per riaverti indietro
spendo le ore a consumarmi.
Sei dietro i vasi, celata negli angoli,
e se l'occhio vigile non concede istanti,
la sfida amimale è continuare a cercarti,
sfiorando i fili nascosti
con sentimenti funamboli.

Sposti i mondi, muovi le tenebre
sorpassi i limiti e rinnovi le ombre,
sento la tua mano calda sul collo
la presa salda, giunta dal buio profondo,

è giudice d'averno e tremo al pensiero
di sprecar le giornate a coglierti dal nero.
A questo punto ti avrò vicina e sarai obelisco
dell'eros sfiorito, segno di croce avrai il tuo Cristo.

Perciò quando riordino casa,
tengo sempre in bella vista la tua faccia dannata.

Eleonora Di Federico con *L'incontro*

Il mio cuore in festa
si desta!
Festoni alle pareti,
pareti d'aria,
aria frizzante e spumosa
spumeggiante e contagiosa
senti il popolo dei pigmei
e delle fate
dei masai e delle contrade
si armano di buona salute
in vista dell'incontro.

E l'odore dell'aria
sa di mosto e di giochezza
si inebria, saltella, ronza…
Lo sciame, il fanciullo, la gazza.

La luna e la notte
sanno di un sogno confuso
di colata di oro fuso
di un giretto in paradiso
che nessuno avrà creduto…

Angelina Capone con *Veri amici*

Son pochi
Quei pochi son prossimi
Non per vendetta
altri sprovveduti cercano,
poi smettono di sperare,
è tempo di pecore nere.

Sara De Lorenzi con *Rinascita (dell'essere)*

Concedersi il rumore del silenzio,
il sorriso della riconciliazione
e lasciare il peso alle spalle,
nella bellezza di aver vissuto prima
e nella consapevolezza di VIVERE ora.

Luisa De Pascalis con *Mio nonno non è vecchio*

Mio nonno non è vecchio
vecchio è quel tavolo
quello lì,
in cantina
quello che non usa più.

Mio nonno non è vecchio
vecchio è quel giovane
quello lì,
solo su quella panchina
imbronciato, nervoso, grigio.

Mio nonno non è vecchio
nuove sono quelle rughe sulla mano,
ogni volta nuova è quella storia già sentita mille volte.

Mio nonno non è vecchio
il suo spirito è nuovo, è giovane.

Forse quel berretto
è vecchio,
quella camicia a quadri
forse quella sì
è vecchia,
ma quegli occhi
quell'anima
hanno 90 anni di giovinezza.

Mio nonno non è vecchio.

Daniela Bendoni con *Il coma (vissuto)*

Sto dormendo nel mio corpo addormentato
Sto dormendo nel mio corpo immobile
Non so bene dove sono
Non so quando mi sveglierò
Non so quando i miei occhi si apriranno
Non so quando i miei arti si muoveranno
Sto dormendo in un letto
Ma non sono a casa mia
C'è qualcuno che mi osserva
Ogni tanto dietro il vetro
Osserva solo se ci sono dei segnali differenti
Se il mio corpo addormentato
Reagisce coi movimenti
Si sofferma a guardare il variare del mio respiro
Le mie palpebre immobili
La speranza di vedere un solo piccolo movimento
Sto dormendo nel mio corpo
Il mio sonno più profondo
E non so quanto questo durerà
E se un giorno finirà
I miei occhi si apriranno

Ernesto Bertino con *Ricordo di V.*

Comparsa gentile sei entrata
nel mio palcoscenico,
la voce discreta
e il sorriso da gigante buono,
tutte le volte che alle nostre esistenze
è stato concesso
di unire le trame
con debole filo.
Adesso, improvviso nell'atto,
te ne sei andato
ma io quando torno ai tuoi luoghi
ritrovo quel filo
che non si è spezzato
e mi parla di te.

3 luglio 2014

Barbara Rosenberg con *Ofelia*

No, non fu per amore
e nemmeno per follia.
Ma solo per piacere.
Scivolai
nell'acqua scura.

Le alghe mi accarezzarono il corpo.
Le vesti si aprirono
e per un istante
fluttuai come ninfea.

Libera.

Poi i miei petali sprofondarono nel fango.

Daniela Ferranti con

Al mio piccolo angelo dolce Liam della sua nonna

Piccolo angelo che sorridi
alla vita,
il tuo sguardo illumina il mondo,
il tuo sorriso il mio spirito,
i tuoi occhi che brillano
sono lo specchio della tua anima pura,
immenso amore
grazia divina.

Alessandro Baroncelli con *Maria*

Con un sorriso che dolor nasconde
Negli occhi porti il sol della tua terra,
Anche se al tuo cuor nessun risponde
E mai altra mano la tua non afferra.
È la tua dimora che ti tradisce,
Pochi comprendon il tuo splendore
Ma se questo mondo non ti capisce
Non temere, tu lo rendi migliore

Vincenzo Dimiccoli con *Luce*

Dedicato alla mia anima

Il cielo all'imbrunire è luce
è luce nei silenzi
è chiarore nei cuori
è splendore ad ogni battito che pulsa
ad ogni sentimento che alacremente palpita.

Oh vita mia
assapora ingordo ogni momento
deliziati di ogni ebrezza e di ogni quiete
che il silenzio ombroso della sera ti offrirà.

Ritroverai ricordi dolci e soffusi
che nell'anima delicata annidano
in quello scrigno d'oro serrato ai più
dove la chiave di accesso
risiede in un intimo rasserenante segreto.

Ed allora sarà passione di sogni
sarà passione di affetti desiderati
sarà amore cristallino
sarà amore effuso ed infuso.

Così anima mia ti desterai
aprirai agli occhi e vedrai i colori più accesi
vedrai sorgere l'alba più luminosa
ti inebrierai di sfumature leggiadre
in cui tutta la tua essenza sarà ammantata.

Sii sempre grata anima mia
afferra i polsi di questa vita in crescendo
stringila più che puoi
perché è soltanto l'inizio di un lungo viaggio.

Adriana Centi con *Nuvola amica*

Sciami di nuvole bigie celano il sole,
nasce una mesta e tetra giornata
nella bianca e velata luce nebbiosa.
Sul prato sosto, scruto quel cielo cinereo
e rapita volgo lo sguardo d'intorno;
nella fosca aurora, frammezzo a ciuffi di viole,
il ruscello scorre silente con tenui sussurri
e canta una tenera nenia ai boschi assopiti.
Copiose, fragili stille di pioggia
ristorano le arse e tremule fronde dormienti,
che godono di cotanta inattesa frescura,
remoto lascio ogni meschino pensiero
che si dissolve in uno scroscio di pioggia.
Tra nubi e foschia nell'argenteo livido cielo
esitante balena un tiepido sole,
glorioso scala il cielo ad oriente
e la terra tremula sotto i timidi raggi.
Ebbri pensieri, colmi di antichi piaceri,
impetuosi inondano il mio placido cuore,
avida afferro il giorno che viene
ed ogni affanno lento vanisce.

Gianni Cancellieri con *Natüra morta*

Me senti veçç, me senti imbalsamàa,
sônt malmostôs e grattacüu e malnàtt,
la testa ormai la me dà pü a trà,
i amìs me manden a ciappà i ratt.

Mangià e bèv, ciollà, cantà, dormì
hinn paròll che me dişen pü nagòtt.
El temp el côr, l'è pussee svèlt de mì
che sônt nancamò prôont a fà fagòtt.

I ôr me scappen e gh'è nient de fà,
me ven domà de sarà sü la porta,
vôo in lètt, g'ôo nanca vœuia de parlà.

Pœu me dessedi con la lüna storta,
giamò nervôs a forza de pensà
che in mezz ai gamb g'ôo la natüra morta.

Libera Maria Guerra con *Semi di pace*

Un flashback abbaglia la stanza buia nella fredda notte primaverile. Riccioli biondi ondeggiano al sole come spighe nella terra bruna, fertile, umida di rugiada mentre le lucciole si spengono al bagliore del sole.

Mariacristina Giaveri con *Un organo*

Sono solo una canna
suonata dal vento,
violino
arreso
alle dita
sapienti,
organo eccitato
dalla mano di un compositore
celeste.

Luisa Diamila Colazilli con *Legami*

Hai presente quando vedi due anime unirsi?
Avvinghiarsi l'una all'altra,
indugiare sulla pelle dell'altro,
carezzarsi i capelli
e scivolarsi;
correre tra le vicissitudini
di due cuori in piena,
percorrere un tracciato,
un filo rosso di Arianna
che li porta a perdersi ancora
e ancora,
nel contorto labirinto dei propri sentimenti.
Immagina una foglia,
che stremata dai venti d'autunno,
si assopisce vicino alle rive
di un fiume zaffiro,
segue le sue correnti,
fluendo tra valli, monti e pianure,
fino al mare,
e da lì concorre a sfidare
quell'immensità propria
dell'amore tra due persone,
con la vastità
priva di orizzonte
di un miracolo tinto di azzurro.

Luigi Fracasso con *Timbri di notte*

Dedicata a tutte le donne

Timbri di notte
su strade affollate,
in un via vai di auto
dove tutti sanno tutto
ma nessuno fa niente,
e la vita di sempre continua
sotto gli occhi di tutti,
come fosse naturale
perché è normale;
finisce uno
e via un altro,
e la serata si protrae
sino alle prime luci dell'alba,
e poi
se tutto va bene
tutti tacciono,
e torna la solita strada
rispettabile di sempre,
diversamente
uno di quei timbri
sarà trovato lungo un canale,
e presto sostituito da un altro
perché il gioco non si fermi,
poiché è troppo importante
in fondo non sono che timbri;
ma c'è
chi le chiama lucciole,
che fa anche tenerezza in sé
io preferisco chiamarle donne,
anche se ridotte a schiave
come timbri di notte.

Luigi Mosti con *Il perdono*

Nelle passioni del genere umano la più importante è il perdono,
Perdona tuo padre che non ha saputo darti la vita che volevi,
Perdona tua madre che non ti ha salvato dalle tempeste giovanili,
Perdona tuo nonno che ogni volta che ti vedeva giù lacrime a quintali,
Perdona la nonna che ti ha fatto tutto, proprio tutto,
Perdona i fratelli, che sono quelli, e sono quindi come te!
Perdona il signore che ti voleva con le mani a pregare, ma tu le mani [non le hai mai volute
incrociare,
Perdona tua moglie, immenso amore, hai scoperto lei è il mare,
Perdona i tuoi grandi occhi scuri che non sono riusciti a vedere ciò [che i tuoi sogni hanno creato.

Victor Puzalkov con *La Puglia*

Una terra bagnata dal mare
A cui alla vista nulla è un male,

Un luogo con fiori ben maturi e splendenti
Con altre tradizioni e balli divertenti.

La Puglia, una terra di mille colori,
Mi perdo tra le vie con i Trulli,

Ma sentendo l'odore di mare e terra,
Ciò riempe l'intero cuore illuminandomi come una stella.

Riposandomi sotto un vecchio ulivo,
Ascolto degli uccelli l'armonioso sibilo.

Eh Puglia con i tuoi nostalgici profumi
Potresti far innamorare anche tutti i lumi.

Da te che ho lasciato il mio cuore e mente,
presto ritornerò nei tuoi vicoli a canticchiare dolcemente.

Denisa Annamaria Luchian con *Parole scolpite*

Nel cuore della notte, dove il silenzio sussurra,
La poesia danza con le stelle, leggera e pura.
Trasmette le emozioni, come petali di rosa,
In un mondo di speranza, dove ogni cosa è luminosa.

Parole scolpite nell'eternità del tempo,
Raccontano storie di gioia e di tormento.
Attraversano confini, oltre il buio e la luce,
Portando conforto, come un abbraccio che induce.

L'amore che dona, è un fiume che scorre,
Nutre l'anima assetata, con dolcezza e ardore.
Sussurra segreti, nelle ore più cupe,
Eleva l'animo, come ali che si aprono su.

La poesia vive, nell'eco dei nostri cuori,
Unisce le anime, in un intreccio di dolori.
Ma nell'intimo mistero, dell'amore che ci guida,
Trova la sua essenza, in ogni lacrima che s'irriga.

nell'abbraccio di versi e di rime,
Scopriamo il miracolo, di questa danza sublime.
La poesia trasmette, con fervida passione,
L'amore che nutre, eterna emozione.

Antonio Di Legge con *Ai miei figli*

Apro tutte le porte
scruto la mia sorte,
vedo e non comprendo
ascolto e non intendo,
allor varco la soglia,
e vedo la meraviglia.
Tutto è già compiuto,
sorpreso, resto muto;
ingoio quella conoscenza,
sento in me licenza
di portar l'immensità
nella mia relatività…
Compio il miracolo,
in quel mio piccolo,
vado nella secreta via,
e realizzo la mia magia,
l'amor, la bacchetta magica,
la passione, la mia fatica.
A zonzo nei miei corridoi
ho conosciuto i miei eroi,
la mia inattesa emozione,
la mia meravigliosa canzone,
i miei candidi, profumati gigli,
i miei desiderati e adorati figli.

Carla Laura Longo con *Chiedimi di me*

Dimmi cosa capisci di me,
fammi sentire un po' meno sola,
per poter fare un sospiro
e sentire che una parte di me
non è più in un vortice di perdizione,
che anche io
merito d'esser cullata
in un mare di comprensione.

Chiedimi di me,
che se tra cent'anni muoio
non rimaranno che ossa,
e qualche cosa raccontata al mondo.
Che di tempo c'era
ma raro quello giusto,
che nell' aspettarlo
ci ho trovato un macabro gusto.

Che di ti amo il mondo è pieno
e io mi sono accontentata
di un eterno orgoglio,
per voltare le spalle
al mio animo incompreso,
divenuto poi
uno scomodo scoglio.

Federica Montanari con *Sole*

Resto come pietra
In una tristezza nera
Che mi accartoccia l'anima
E ti aspetto

Tu Sole sei Luce senza fine
Risplendi nella mia ombra

E sola sono fatta Sole
Ombra luminosa
Da cui sgorga
Ogni mio bene

Ti ergi dentro me
Ed io sono

Luca Piermartiri con *Britannia*

Libertà…
Stuprata da quella che un tempo fu Roma,
ora schiacciata da roboanti grida di guerra.
Amore…
Reso vano da eterni silenzi in paesaggi infiniti
e innaturali rosse pianure.
Ugualianza…
Negata dall'odio verso il diverso.
Pace…
Prigioniera di brame fameliche.

Britannia…
echi di morte, lacrime di pioggia.
Ma nessun giorno è uguale all'altro.
Un tenue raggio di sole,
poi la nebbia, fitta e tetra,
come per soffocare sogni e speranze,
lentamente svaniva.
Una brezza nuova,
un vento di riscatto.

Quindi giunse.
Condottiero, mezzosangue.
Il re che non fu mai re.
La leggenda che non era leggenda.
Perché la vera Excalibur era Artù.
In quel giorno,
dal tenue raggio di sole, lo fui anch'io.
Lo fummo tutti.

Anna Roccato con *A chi corre la vita*

A te
che non hai tempo
né oggi né ieri
né mai
vorrei poter dire:
fermati
chiudi gli occhi
e ascolta
anche solo un minuto
lo scorrere del tempo.
È lungo
a occhi chiusi
un minuto.
Ma sufficiente
per seminarci un seme.

Davide Ancona con *Cerchio della vita, Notturno in Val d'Itria*

Gli anni passano.
Le generazioni scorrono,
cambiano, si alternano come stagioni.
La storia si sgretola. Va avanti.
Ma quelle luminarie lontane
non le spegnerà neanche
lo sciogliersi del sole.
Qui fuori intanto
la notte giace autoritaria.
I grilli cullano
dolcemente
il sonno che esita
e il profilo degli ulivi
si riflette nella luna.

Sofia Penna con *Un po' come il nostro letto*

Leccheresti le mie ferite
e con esse i miei principi?
Se poi mi dicessi che sapore hanno
ne sarei felice
sentendomi cresciuta di te.
Sussurrami parole di luce
e scaldami il cuore, per favore,
con il giallo, la mattina
e le nostre lenzuola opache.
Nel frattempo, amore mio,
mi spiegheresti il tuo di calore?
Disegna sulla mia schiena,
se ne hai voglia,
l'odore della tua infanzia,
perché, sai,
vorrei capire ancora la ruvidezza
delle tue mani,
delle tue labbra
e del tempo.
Magari potresti
prendere i miei occhi
e guardarci per un po'
il senso di un'unione.
Non è mai abbastanza
ma tu dici che lo è,
e mi spieghi che una casa
è un po' come il nostro letto.

Giuseppe Mazzucchiello con *Le donzelle del campo*

A Wanda

Come nei mar e nelle onde
il naufragar negli occhi tuoi
porta me su codeste sponde,
della mente e del cuor
la tua bellezza così mi confonde.
Sì Wanda,
fosti tu di tanto rigetto
che col mar e col sol
capii il tuo cuor in petto
e sul tuo viso ritrovai il raggio
del sol caduto nel pianto
così vagando in mio viaggio.
Oh Wanda,
agli Astri chieder non puoi
la forza di codesta vita
sicché in te già è viva
e quei dì,
di non aver goduto appieno
l'anima dell'umani genti
ti aggrava il veleno.
Al ciel oh Wanda, io giuro
l'animo tuo icontaminato e puro
e il senso e la dolcezza
fà che in te sia
sempre vento di ebrezza.

Eleonora Fortini con *Musica antica (Vitti 'na crozza supra li cannuni…) - Ode a mia nonna*

Doppio ritmo di passi di nonna,
ancora strascicanti,
nel riscontro ad una porta,
attacca il suo contro-canto
alle tre note di un'aria
pizzicata al filo dei panni tesi.

Parla di teschi,
tu non la senti.

Sara Rizzardi con *Alla sorte, dolcissima e meschina ruota del mondo*

Tra speranze di sabbia
e sogni e attese di inevitabile polvere
siede al tavolo verde la sorte,
vestita di combinazioni giuste e sbagliate.

Sorseggia da un bicchiere
le poche gocce di un debito aspro
incurante di chi le fa la corte e dimentica di chi prega per lei.

Sorda
in mezzo al frastuono delle slot,
immobile
impassibile
fuma una sigaretta nera
e sorride ad ogni boccata di fumo.

Non è cattiva, non conosce la vendetta,
è solo sé stessa,
il suo cuore è la moneta cha fa girare l'universo,
gli occhi la testa, le spalle la croce.

Il suo sguardo di vetro
ha incontrato molti occhi, molte stelle,
non ricorda di chi fossero
ma di lei si ricorda la vita che è stata
cambiata,
quella che ha assaggiato l'ambrosia,
quella che ha annusato la polvere da sparo.

Ma per quanto potere abbia,
piange amare lacrime di delusione e
solitudine perché questo è il suo vero destino,
lei è il destino.

Cosimo Castello con *Amo*

Amo te Luna
che con il tuo chiarore
hai guidato verso di me la fortuna;
amo il firmamento con le sue stelle
che ai miei occhi
paiono ogni giorno più belle;
amo l'Universo
che mi guida a scrivere
qualche verso
perché il mio pensiero
non vada mai perso.

Amo il Sole,
con i suoi raggi multicolore,
che alla mia pelle
fanno cambiare colore
e trasmettono tanto calore,
quanto basta per rendere felice
il mio cuore.

Amo il mare,
che il mio corpo fa bagnare
e rilassare
con il suo profumo naturale,
mentre la mia pelle
asciuga sotto i raggi
del Sole
che scaldano il mio cuore
e risvegliano in me l'amore.

Francesca De Pasquale con *Il Nulla senza nome*

Mi accingo a guardare attorno.
Poiché non trovo nulla…
Meravigliata mi ostino
a credere di trovare
o provare a sentire
più di un nulla.
Con dispiacere il Nulla
avanza, scruto l'emozione
per far sì tragga un minimo
di brivido nel nulla.
Cosa sarà mai il nulla!?
Avrà un nome! Forse
Avrà un'anima! Forse
Avrà un cuore! Forse
Quel nulla nel forse
avrà fatto e dato.
La mia coscienza
non la conosce
non le e mi appartiene.
Nulla è. Nulla sarà.

Christian Testa con *Amico mio*

Amico mio
ti ricordo con un vecchio destriero
mentre volavi per le campagne
Amico mio
con i tuoi amici fedeli
volgevi per strade lontane
Amico mio
mentre ti passavo accanto
un saluto veloce e via
Amico mio
la domenica al solito posto
ti incontravo in allegria
Amico mio
con la tua grande esperienza
che facevo un poco anche mia
Amico mio
io ti porterò sempre nel cuore
sono certo che non andrai via
Amico mio, Amico mio.

Fabio Mariotti con *Natale*

"Guarda! Cade la Neve!"
"No... è soltanto lo smog!
Ormai la dolce neve,
col suo candore lieve,
è solo un bel ricordo
d'un tempo ch'è già sordo."
"Eppure fra non tanto
arriverà il Natale
col suo gioioso manto
d'aura spirituale."
"Ma cosa stai dicendo,
sei tutto fuori moda;
si compera spendendo,
ma quando mai si loda!
La festa è ormai un affare
che prende tutti quanti:
Dio lo si lascia stare...
...insieme a tutti i santi."

03/11/1990

Rosa Salerno con *Ali bianche, ali verdi*

Gli angeli hanno ali bianche, a volte anche verdi.
Qui ce ne sono tanti, si prendono cura di ognuno di noi
senza mai fermarsi e fanno l'impossibile.
A volte come in un sogno ci sembra di vedere la loro ombra,
di sentirli tristi, stanchi e quasi perdere le speranze,
altre volte invece li sentiamo gioire e sorridere per noi.
Non si arrendono, se una strada è troppo difficile,
ne percorrono diverse, poi un'altra e un'altra ancora.
Per un attimo li intravediamo fermarsi, i loro sguardi smarriti,
poi all'improvviso di nuovo spiegare le ali tutti insieme
per continuare a rincorrere il sentiero perso.
Si susseguono settimane, a volte mesi senza sapere che giorno è,
se notte o mattino, se è appena spuntata l'alba o se è già tramonto…
Ci è mancato il vento, la pioggia, il mare, il sole, il sorriso di chi amiamo,
il nostro lavoro, le risate e la quotidianità,
il sapore del pane caldo e l'odore del caffè…
Questi angeli sono sempre qui con noi in questa stanza,
quasi come in una bolla che sembra essere sospesa nel tempo…
Hanno le ali verdi, a volte bianche,
ce ne sono anche altri invisibili e puntuali.
Siamo grati a tutti dal primo all'ultimo
perché tutti insieme sono la nostra forza,
il desiderio grande di non arrenderci mai.
Angeli con le ali bianche, con ali verdi che non smettono un solo istante
di riprendere le nostre ali sbiadite, consumate e stanche
e soffiarvi tutto l'amore dell'universo
per far sì che esse comincino a riprendere di nuovo il volo
in un cielo più azzurro di prima, unico e irripetibile.

Fabiana Pretto con *Dedicata alla focaccia*

Sprimaccia la pasta,
lievita il mio amore insieme alla pasta,
distribuisci petali di pomodorini e olive
per invitarmi al banchetto nuziale.

Che profumo invitante!
La tua focaccia è un morbido materasso
dove si intreccia la nostra vita.

Luisella Bachini con *6/3/2024 12.54*

Vorrei quello che per te sento
gridare al vento,
che te lo porti
che tu lo ascolti.
Ma non trovo o non conosco le parole
solamente lo descrive il ritmo del mio cuore.
Tum, tum… appoggia qui la mano
chiudi gli occhi, ascolta piano piano.
Ecco quello che è per te il mio sentire,
ma non so esprimere, con le parole dire.

Alzbeta Bernatova con *Nei miei ricordi*

Il vero amore non sempre è uno solo
è cosi che lo sento dentro il mio cuore
Una fiamma si è accesa… un tempo lontano
illuminava il mio cammino a due… dritto nel paradiso
Ogni attimo sapeva di eternità, ogni sussurro… di vita
pulsavano di sentimento tutti i minuti, le ore
Le tenebre sono scese un giorno… e poi
il tempo si è fermato all'improvviso

Vagavo senza meta chiedendomi… perché
inseguivo i tramonti per sfuggire al dolore provato
Mentre l'alba nei tuoi occhi era lì ad aspettarmi
pronta a convertire in gioia eterna i miei dubbi muti e sordi
Quel fuoco che solo l'amore sa tenere in vita con forza inesauribile
credo… di nuovo in te l'ho trovato
A volte… mi sembra di sentire ancora un lontano sussurro
ma oggi… resterà solo nei miei ricordi.

Gabriella Batignani con *Camminerò…*

Per strade asfaltate,
per erbosi sentieri,
per aridi campi
ogni giorno camminerò.
E tu sarai al mio fianco
col tuo lento passo
al tuo bastone appoggiato.
Mi fermerò con te
le erbe selvatiche a raccogliere.
Guarderò gli orti da mani premurose coltivati,
parlerò con quell'arzillo vecchietto
che la fisarmonica suona
per le sue piante dal sud portate e
che ancora cura con amore
quella piantina di limone
che un giorno gli hai donato.
Sentirò con te l'odore della terra.
Mille passi ancora farò
per soffocare il mio dolore,
per sentirti vicino, per non soffrire.
Sempre di averti accanto mi illuderò.
In ogni goccia di pioggia
vedrò il tuo sorriso e aspetterò il sole.
Tu guiderai i miei passi nel sentiero tortuoso
della vita che mi resta
e camminerò con te verso la luce.

Alessandro Lugli con *Ci sarà*

Ci sarà sempre un nuovo amore
per chi sogna per ore
per chi è sveglio e non si accontenta
per chi vive nella tormenta…
Ci sarà sempre un nuovo amore
da amare veramente
col cuore e con la mente
senza oppressione: è un nuovo amore

Giovanni Raffaldi con *Il nulla e la pace*

Sveglio in un letto non mio,
sotto coperte di calore e silenzio,
vedo nel cubo buio della stanza
il sarcofago del me bambino.
Bisogni non ho.

Ferdinando Cione con *Eterna felicità!*

Ai miei cari

La brama di felicità
non ha età.
Nella fanciullezza
era vincere i giochi,
nella giovinezza
era conquistare l'amore di una Venere,
nella maturità
era raggiungere una poltrona d'alloro.

Oggi è rievocare i momenti felici.
È la luce dei vostri occhi a me sì cari.
È il bagliore del giorno,
è camminare sull'azzurro del mare
e vivere il mondo fino all'ultimo respiro.
Ma è anche trovare
nel profondo del proprio essere
una parola rara
che rappresenti un sentimento
o un istante dell'esistenza.

E rimanga
il divin che è in noi
nell'infinito cielo stellato.

Luna figlia dei lupi con *Gratitudine al mio niente*

Alla mia incomunicabilità,
perché dona un sorriso a chi mi ascolta.
Al mio sorriso storto,
perché, a volte, star zitti è punto di partenza per migliorare.
Ai miei occhi rugosi,
perché raccontano di un passato avventuroso e mai sopito.
Ai miei capelli bianchi e ruvidi,
perché rendono visibile la saggezza fatta di fatica e fallimento.
Ai miei piedi gonfi,
perché mi hanno portato sempre, nonostante tutto.
Al mio cuore malato,
perché è tale solo per amore.
Al mio niente,
perché, in fondo, può diventare il tutto di qualcuno.

Maria Fraschetti con *Raccontami*

Questo grumo di parole
che giace
in fondo al cuore
ha bisogno di sole,
per sciogliersi
e parlare
a chi vorrà ascoltare.
È la storia di una vita
di un'esistenza intera,
uno scrigno che racchiude
sogni e illusioni
certezze e passioni,
vissute intensamente
impresse nella mente.
Mai dimenticate,
come nuvole sparpagliate
da venti leggeri
con mani di fate.

Giuliana Gilli con *Non è più vita*

Non è più vita
nell' alba che si rinnova
senza il calore della luce,
nei giorni che tradiscono
l'ebbrezza del mattino
e feriscono lo sguardo
uccidendolo di lacrime.
Non è più vita
negli inganni fuggevoli
del tempo
nel naufragio dei sogni
aggrappati a una scialuppa
nei rimpianti che galleggiano
prima di affondare.

Prego la notte
che sia carezza di luna
sulla pelle
bagliore di miraggio
che illumini il tuo viso
euforia ingannevole
di futili illusioni.

Solo per un attimo.

Poi cadrà
con le foglie d'autunno
il peso dei ricordi
deponendo il mio grido
nel sonno bianco
degli abeti.

Giuseppe Scola con *Vestigie d'autunno*

Al mio caro papà, Arturo Scola

Era dolce
Seguire i
Tuoi passi,
Nelle tue,
Fatte mie
Sofferenze.
Sotto pelle
Fiumi di
Lacrime,
L'autunno
Riecheggia.

A volte,
Spesso
Nella
Mestizia
Faccio finta
Di niente,
Non fa più
Paura la
Morte, è la
Vita che…
Ogni giorno
Mi uccide.

Laura Defonte con *Io sopra le nuvole*

Io sopra le nuvole,
pensieri che si rincorrono,
fanno capriole su batuffoli di ovatta…
Come sarebbe bello, ritornare bambina…
e guardare il mondo da quassù…
con occhi diversi.
Perché gli occhi di un bambino…
guardano dal finestrino e… sognano…
immaginano… creano.
Gli occhi di un adulto invece…
scendono sotto le nuvole…
sulla terra e…
pensano,
offendono,
sporcano,
e spesso distruggono
la bellezza del Creato.

Alessandro Di Chirico con *XXIV novembre*

"Madre…Sei stata la mia prima cosa bella
Mi hai insegnato la sensibilità e fragilità di un animo femminile.
E con esse il dolore. Profondo. Incolmabile. Inguaribile.
Ne ho colto la straordinaria Poesia.

Ero poco più di un bimbo quando mi mostravi le pieghe della tua
[Anima.
Troppo piccolo per spianarla.
Hai in qualche modo segnato la mia. Per sempre.
Ma ti perdono per questo. Ero per te unico conforto.

Hai donato l'azzurro dei tuoi occhi ai miei.
Ne hai fatto un colore indefinibile.
Lo chiamavi Oro. Il tuo Oro.
Ora i miei occhi vedono ciò che altri non riescono.
Ti perdono anche per questo
Nonostante faccia male.
Quando l'Anima ti aveva già abbandonato ti ho sollevato le palpebre.
Il cielo di Trieste spazzato dalla bora non c'era più.
Chissà dov'è ora…

Avevi un sorriso unico che non rivedrò più. Era solo per me quel
[sorriso.
Me lo hai regalato anche l'ultimo giorno mentre con l'ultimo fiato
[mormoravi…

Ti voglio bene.
Uniche ed ultime parole di quel giorno.
Te ne sei andata amandomi.

Ti affido al mare, madre. Quel mare che tanto hai desiderato.
L'ho interrogato per chiedere se poteva e voleva accoglierti.

Lì ti ricercherò fino a raggiungerti".
Non so perché racconto tutto questo a Te.
Tu che l'hai conosciuta solo attraverso I miei occhi.
Tu che come lei non ci sei più. Tu che pur sei tra i vivi.
Forse perché è un Dono, nella speranza che tu sappia ancora
[custodire.
Forse perché come lei, sei ormai per me Anima assente.

Anna Maria Elvira Sciurba con *Dolore!*

Alla mia Willa

La vita incede
Verso di te
Dolore
Resiste, impreca, prega…
Ma come spire di un boa malefico
Risucchi, avvolgi e non lasci morire
Maledetto!
Mi avvolgi dentro e fuori
E incessantemente lotto per la mia esistenza.
Non ti sopravvivrò,
Ma esisterò
Resisterò
E Tu,
Maledetto dolore
Sarai sempre lì,
Ma un giorno io ti vincerò!

Carmela Polimeno con *A mio padre*

Al di là del cancello si stagliano i cipressi
dove voli d'uccelli scuotono i rami
scompigliando il dolore.
La ghiaia scricchiola sotto i miei passi
mentre mi avvio verso i morti che aspettano.
Papà, sono qui. Da te.
Cerco una fontana per cambiare l'acqua nel portafiori
ed uno straccio per pulire il tuo marmo
su cui appoggio il palmo della mano
come a farti una carezza.
Serbo il ricordo della tua presenza accanto a me
alle prese con calcoli e grammatica,
del tuo prenderti cura dei miei bambini
per rendermi la fatica più lieve.
Ti rivedo nella bella divisa blu
tra provette, vetrini e microscopi,
sempre sorridente
rari gli scatti d'ira,
un galantuomo
come disse il prete benedicendoti per l'ultima volta.
Il tempo passa,
mi attardo
e mi domando quanto ti ho deluso,
se hai freddo, chi ti tiene compagnia.
Non voglio credere che sei perduta materia,
silenzio e buio,
voglio pensare che sei da qualche parte
forse in un oceano di pace e di armonia,
di certo nel cuore di chi ti ha amato,
nel mio.

Daniela Crespi con *La strada*

Era un campo fiorito.
Ora…
Niente più fiori,
niente più uccelli e fauna selvatica,
solo progresso: arida striscia di asfalto.

Elisa Mazzi con *Teo*

Non so che c'è là fuori
Del vetro rimane specchio
E il mio volto parve dentro
Rido, serio, rido
Non m'inganna questo gioco
Non mi degno di veder oltre
E non mi stanco di stare seduto
C'è calore, c'è speranza
L'allegria di certo non manca
Dico solo, son pronto a bere
In un sogno di piacere.

Alessia Di Salvo con *Sognando Posidonia*

Ti scrutavo con curiosità quando, per contare,
mi eran sufficienti le dita di una mano.

Assorta e ammaliata,
serissima e devota,
sognavo di somigliarti e,
come te,
affondare le mie radici nella stretta del mare.

Solstizio dopo solstizio,
ostinata,
sentivo montare dentro di me il desiderio di metterti a
fuoco,
di averti come immagine nitida:
i miei occhi come obiettivi,
trascendendo ogni regola del piano focale.

Speciale e inaccessibile,
restavo lì a fissarti come un miraggio,
pervasa dal bisogno di averti,
quanto di tenerti lontana.

Oggi son poche le dita per contare,
ma immutata,
ti guardo e sorrido.
Ancora qui ad osservarci,
immobili nelle nostre posizioni,
sospese in un istante senza tempo.

Christiane De Luca con *Al cielo fulgido di stelle*

Oh grande Sirio,
Stella d'Oriente,
come indichi ai nottambuli
la via dei Sogni,
indicami,
Oh Luminosa
la Via,
il Sentiero impervio e duro
dell'Amore puro.

Grazia Tasini con *Ad Antonia*

Dedicata alla poetessa Antonia Pozzi

Aveva tutto Antonia?
La sua poesia. E un desiderio:
uno chalet in montagna
un calzino da rammendare
amare ed essere amata.
Gioiva del canto d'un fringuello
dello sbocciare delle primule,
le bastava un pendio sul quale correre.
Quella maternità negata.
La rinuncia sofferta per
un amore impossibile.
In lei, fragilità,
solitudine, bellezza
e le parole per raccontarle

Anna Siviero con *La donna fenice*

La riconosci subito la donna fenice
Meravigliosamente bella con le sue
cicatrici
Danzante in un vortice capace di
risollevare le sue ceneri
Il cuore ferito ma ancor pieno di amore da
donare
L'anima stanca ma incredibilmente allegra
Il sorriso che illumina l'oscurità che si
porta dentro
Gli occhi che brillano celando la profondità
delle crepe del suo cuore
La forza della natura che trascina via ogni
foglia caduta per ridarne nuova vita
A tutte le donne fenice
Non abbiate mai paura di rinascere
Siete splendide con il vostro dolore e
ancor più belle di quando siete nate la
prima volta
A tutte le donne in rinascita
Non smettete mai di amarvi
Perché è solo amando voi stesse
che riprenderete a vivere.
C'è un mondo infinito di possibilità e di
colori
Per riprendere a dipingere la tela del vostro
cuore.

Paola Camorali con *A mamma e papà*

Con voi fin dalla nascita
la mia sofferenza costante
e la rabbia che germogliava e cresceva nella mia anima.
Cresceva insieme alla mia età.
L'insicurezza di un porto sicuro
mi ha fatto nuotare con errori e difficoltà
nel cuore della vita.
Crescendo ho capito.
Eravate impreparati a me.
Anche voi come me nati senza Maestri.
Ho capito e vi ho finalmente amati.

Giulia Stella con *Crisalide*

Voi,
con il vostro tentennare,
che vi fate bruchi
e crescete
dove non c’è più aria da respirare.

E vi fate bruchi,
per mangiare la vita
anche se colmi di una sostanza gialla come l’oro.

Ho visto l’erosione di oggetti e palazzi,
ma la vostra anima è pura
e canterete ancora.

Biagina Oliverio con *Gioia*

Lo spazio aperto di fronte,
note leggere nell'aria,
gli occhi fermi,
la testa che viaggia,
gli zigomi che si alzano,
e il cuore che si ferma,
in un frammento di tempo,
di gioia,
che esiste dentro me,
che il mondo non può né vedere, né sentire.
Mio e basta, mio e mi basta,
nonostante tutto.

Antonella Ridente con *Sarò con te*

Quando assorta siedi silenziosa
e dimentichi il mondo
Quando insegui un'idea
o ti catturano i ricordi
e tutto ti sembra inutile
sarò con te…
Quando stanca dal lavoro
ti sentirai triste e malinconica
ed esausta penserai chissà cosa
o forse niente
sarò con te…
Quando non troverai nessuno con cui parlare
o avrai una gioia da raccontare
io ci sarò
e anche se la mia voce non sentirai, se la tua voce non sentirò
io con te sarò
e mentre la sera passa un nuovo giorno e già vicino…

Giuseppe Di Mattia con *Il tuo profumo*

Suonano campane a festa penetrando mura della tempesta

Serpeggia mesta mano tra lenzuola trasudanti d'amor ancora

Trovai nuda schiena
Rara bellezza come fiori d'arancio
Teneramente vi delineai i segreti della Via Lattea.

Dea amata scappi via al suono della campana.

Il tuo profumo, sì il tuo profumo rimane attento ed io non mi pento
[del tuo amor effimero che
lascia sgomento.

Mia piccola anemone la tua essenza così fragile donò vita ad una danza
[sensuale, ammaliato la
lasciai cantare e il cuor esagitato restò ad ascoltare.

Effimero pallore io ti creo come statua d'amore, Galatea questo è il
[tuo nome.
Cessasti d'improvviso affabile tormento e svanisti come ombra
[assassina al tocco di Febo.
Ed io restai nel crogiolante tormento d'esser misero pigmalione in
[cerca del dolente amore.

Emilio Aldeghi con *Vieni donna*

Ci sarà una frequenza che unisce
o l'illusione di una percettibile vibrazione?

Vieni donna con la tua luce,
con la tua voce lenta e assorta.

Vieni donna con un centimetro
per misurare speranza e distanza.

Ci sarà un sogno per fondamenta
o il crepuscolo che spegne la luce?

Vieni donna con la tua alba
con i tuoi passi senza pudore.

Trasciniamo il respiro fuori dall'età,
fuori dal rumore dell'irrisolto.

Vieni donna con il tuo sole,
con il tuo volto che non brucia.

Pasqualina Tedesco con *Per te donna*

Per te Donna,
custode e genitrice dalla creazione,
di quel seme invisibile dell'universo.
Quel seme che ti ha reso
unica, forte, insostituibile, infinita.
Unica
Agli occhi di Dio
per il privilegio di donare la vita.
Forte
Agli occhi del mondo,
perché sorridi
anche quando il dolore ti stringe il cuore
e quando la certezza di un amore
diventa paura, abbandono e violenza.
Insostituibile
Agli occhi dei più deboli,
perché non ti volti dall'altra parte
se qualcuno ha bisogno di te.
Infinita
Per il tuo amore
che va oltre la vita,
per i tuoi figli, per i tuoi genitori,
per le persone che ti amano
e per l'uomo che crede
nella tua immensità.

Laura Cusenza con *Agli sguardi*

E se è vero che lo sguardo può farsi carne…
Ti prego, non guardarmi… Non farlo!
Quando i tuoi occhi mi sfiorano,
la mia pelle trema…
Mi guardi come se non ci fosse
nient'altro di più bello da vedere!
Ed io, arrossisco, abbasso gli occhi,
e poi mi perdo nelle pieghe della mia anima!
E allora, sì, ti prego,
non smettere mai di guardarmi così!

Carla Di Mattia con *Mi nasconderò*

Ho inventato le parole
le suono e poi
un accendino regalo.
Ma per me ormai
un problema è risolto.
Ho spento la sigaretta
e mi sono detta:
"Non voglio entrare nella tua vita".
Mi nasconderò in un pianeta luce
mi nasconderò in una foglia verde
mi nasconderò in un fiore rosso
e sarò una messaggera d'amore.
Ma se il mio messaggio non arriverà
allora resterà
soltanto l'utopia
di una canzone messaggio
che mai nessuno ascolterà.

Giulia Montemurro con *Libera*

Voglio volare come una farfalla
come in una favola,
o nuotare come una sirena
bella e serena
e volare come un uccello
libero nel cielo.
Questo è essere libera
come respirare aria pulita
la libertà non si può toccare,
ma si può realizzare
la libertà non è solo la propria opinione
ma è l'anima tra le persone
vorrei essere libera come le emozioni di un
bambino:
piange, ride, quando non c'è un preciso
motivo.
Vorrei essere libera come madre Natura
bella, dolce, accogliente e pura
grazie alla libertà
ognuno ha la sua personalità!

Rossella Rubino con *Il mio Salento*

Scorpione non pungere se no ti schiaccio a suon di musica e danza. Il tuo veleno mi ridà nuova linfa di gonne a colori, di zingari ebbri, di vecchi sull'uscio a raccontare di orchi e pirati.

Orietta Lelli con *La testa*

Cammino, in quella piccola stanza, della mia testa.
Scavalca, le mie emozioni, distese in disordine sul pavimento.
Mi libero, dalle ragnatele, delle mie idee.
Cado, rompendo tutti i miei sentimenti, travolgendo le mie doti.
Vedo finalmente, una piccola luce, che si fa spazio, nel buio della mia testa.
Riordino tutte le mie emozioni.
Libero, le mie idee.
Aggiusto i miei sentimenti.
Abbraccio, le mie doti.
Finalmente, una grande luce, si fa spazio nella mia testa.
Rido, ballo, corro, nell'immensa stanza senza fine.
Quella luce, piena d'amore, illumina la mia strada, la mia vita, la mia testa.

Arianna Mangiolfi con *A te*

A te, babbo
con occhi di ghiaccio
come specchi
con braccia potenti,
ma delicati abbracci

A te, babbo
sensibile comprensivo e premuroso

A te, babbo
per l'amore che dai in ogni tuo bacio
per la tranquillità che mi trasmetti
e per la dolcezza che metti in ogni tua carezza

A te, babbo
a cui darei il mondo…
darei tutto.

Anna Vitello con *Il mandorlo in fiore*

La primavera arriva a fine marzo
e già a febbraio, nella nostra terra,
i rami spogli si riempiono di gemme
bianche o rosate, belle e profumate…

I mandorli fioriti e decorati
adornano Agrigento e la vallata
e l'occhio dei passanti che li osserva
si gode in pace una magica giornata.

Nelle campagne umide e bagnate,
gli uccelli a stormi, volteggiano schierati.
Attendono che il sole esce fuori
poi, ne stanno in pace rannicchiati.

Che buon odore sale dalla terra.
Il venticello scuote l'erba bagnata
e l'acqua che è caduta giù dal cielo
lascia il suo posto ad una splendida serata.

Da tutto il mondo vengono forestieri
per assistere alla Sagra del Folklore.
Si vedono passare tanti gruppi
che ballano con tanto tanto amore.

Danzano per le vie della città,
sfilano nelle piazze e nei quartieri
e il vincitore innalza il Tempio d'Oro
di fronte alla Valle e al suo tesoro.

Fiori di mandorlo e fiori di armonia,
portate tanta gioia nei nostri cori,
fate rallegrare tanta gente
che spensierata vaga con la mente.

Maria Teresa De Concilio con *A lei…*

Non puoi odiare l'astro
del giorno,
perché non sei capace
di percepirne il calore.
Non puoi odiare il tocco
freddo
della notte
e la rossa
luna inanellata
d'arcobaleno.
Ribellati a questa pazzia.
Il tuo corpo di pesca
mi rivela:
che non ti sei mai scaldata
al sole.
I tuoi capelli d'ebano non
conoscono il
profumo del vento.
E i tuoi occhi non
hanno mai visto
la rosa blu.
Non hai mai provato il calore
di un'amicizia
quella vera.
conosci solo
le violenze
del mondo…
la freddezza
della morte
che ti alita accanto.

*Paola (tossico dipendente) anno 2003

Federico Sogari con *In due parole*

Il tempo è tiranno
non perdona gli sbagli
tempra i caratteri
lasciando cicatrici
e i denari
ai più adagiati.

Credere ai miracoli
pregando i fantasmi
in un epoca d'impiccio
rende felice l'uomo
che guarda
dietro lo specchio.

Nei giorni passati
non abbiamo imparato
che la guerra
la dichiara
chi ha interessi
sulla vita degli altri.

Il mondo cambia
evolve in natura
emettendo paura
non curante
da noi gente
ad averne cura.

Avaro il tempo
non dà tregua all'età
l'aver cura di vivere
in tranquillità
premia chi abusa
e chi se ne frega della lealtà.

Monica Loggini con *A mamma*

Azzurro, blu, il silenzio
Universo.
Galleggiavi dentro, fra milioni di altre minuscole menti
e forse dopo non contabile tempo,
una luce.
L'hai seguita, sei entrato dentro, slittato sopra;
uno scivolo, giallo, leggero, splendente.
Caduto in quella vasca, ventre materno, ti sei scontrato con le sue pareti.
Ma è bastato poco, un gran trambusto, un terremoto,
come uragano, quasi affogando, hai intravisto il Foro.
Ci sei corso dentro; sollievo, respiro, un pianto.
Sei nato
Il mondo!
Il Foro, un passaggio segreto, una porta.
Sei stata anche tu dall'altra parte, ma non lo rammenti.

Emilia Cipolla con *Dedicato alle donne del mio cuore*

Una è piccola, ma grande
sempre sempre in divenire…
Il suo ruolo è assai importante:
"Principessa" mi senti dire…

L'altra è adulta,
ormai bassina,
con la voce altisonante,
sempre lì, pronta a capire…

La prima gioca, salta,
corre e si diverte…
Qualche volta fa i dispetti…
Altre volte i capriccetti…

L'altra è morbida,
accomodante,
forse anche brontolona,
se ne sta spesso in poltrona…

Due ne sono nel mio cuore
come le Colonne d'Ercole,
la piccina e la nonnina
son le donne del mio cuore!

Elena Poli con *Occhi di cielo*

Occhi di cielo,
sinuoso movimento di felina armonia,
giocoso vagare su ostacoli impossibili,
sonnolento riposi
in insoliti rifugi,
guardingo spettatore dei miei silenzi.
Il tuo sguardo
sembra trafiggere e sondare l'anima,
come alla ricerca della mia vera essenza.
Poi tu, regale, lo distogli
e passi oltre,
indifferente all'umana mediocrità.

Carmela Cerundolo

Non ho capito e sai perché…
Mi scrivi ma non quello che vorrei.
Sento gli echi e gli ululati.
Ma son gli ululati di un lupo solitario
e confuso,
affamato di desiderio e non di dolcezza.
Nelle tue parole sento solo il profumo della
paura di rimaner SOLO.
E poi quel maledetto fuoco appassionato
che arde d'acquolina ti rende così
fottutamente stupido quanto affascinante.
Non so come comportarmi.
Trovo spesso le tue frasi simil alla poesia
barocca.
Il tuo essere lo celi da una vita,
non vedo perché tu debba dirmi tutto ciò…
Ami me o il mio corpo?
Vuoi che la tua poesia giunga alla
mia anima o che si fermi al mio cervello?
Sento il tuo fiato divenire sempre più incalzante
appena mi tocchi
ma non riesco a percepire
l'amore di cui tanto parli.
Cala la maschera,
dimostrami ciò che con penna esclami
e accoglimi nella tua buia tana.
Sii più concreto e meno poeta.

Barbara Fornetti con *Grazie*

Nemiche amatissime,
nuvole minacciose a spasso nel mio cielo,
mine vaganti nell'arida terra del vivere,
dove vi ho incontrato,
in quale tempo?
Piovra dai mille tentacoli,
non molli la presa.
Taglienti
le vostre lingue di gatto
affondano la lama.
Creatura ostinata,
ti ho raggiunto
sul fondale sabbioso in cui ti rintani,
ora ti riconosco
e ti rispondo.
Dopo un periglioso naufragio
approdo in me stessa
e a voi
dico grazie.

Antonella Ippolito con *A mio padre*

Oltre il tempo conosciuto
scandito da orologi incessanti,
oltre il buio che rincorre la luce,
che sfugge,
ancora,
e ancora.
Oltre la pelle che trema,
oltre la profondità di uno sguardo,
c'è un infinito sentire.
Lì dimora l'eternità di un amore,
perduto nel tempo che conosco.
Lì la tua essenza ha ancora un profumo,
una voce,
un tocco.
Lì continuamente ti sento
e ti parlo,
sottovoce.
Poi chiudo gli occhi e ti vedo sorridere
in quella metà di campo visivo
in cui sei stampato ogni giorno.
E se allungo la mano,
posso accarezzarti.
E sorrido.
La morte ti ha solo spostato,
oltre le cose.
Dentro me.
Per sempre.

Ambretta Maria Vecchietti con *A Egle: Fedeltà*

Tu, che tutto avevi dato al figlio
di bocca e di dosso strappandoti le dita
scavandoti le ossa, giacevi come marmo
né con le mani ti aggrappavi
mentre con gli occhi m'imploravi.
Ma non da me la fine, né il principio
da me solo l'aiuto a mantenerti in vita
per continuare a rimanergli accanto.
Cambiato il nome di chi l'accarezzava
ero madre per lui, al posto tuo
quando ormai senza peso ci lasciavi.
Non le parole, inutili e pesanti
ma lacrime silenti erano il "grazie…".
Non eri sangue mio, ma diventasti Madre,
quella eterna, da porre su un altare
più in alto dei martiri del male.
Di scricciolo contratte membra inerti
occhi però ridenti riservati al figlio.
Da te imparai a dare amore gratis
rigenerato senza tempo e neppur carne.
Fedeltà, così pretesa, così negata
da uomini di ghiaccio, in te fu sublimata.

Alessia Nataletti con *Prima di te*

Prima di te
Non sapevo
Quale fosse
Il sapore di un bacio
I nostri piedi
Incrociati gli uni sugli altri
Le tue bracccia
Intorno al mio collo
Ma era tutto un sogno
Ora faccio l'amore
Con il lenzuolo
E abbraccio forte
Soltanto il mio cuscino

Carlo Bottalico con *Svegliati mio cuore di carta*

Sfilano nell'aria versi uccisi dal tempo
E come nebbia invadono il mio sogno,
Parole morenti senza il loro inchiostro
E alcuna pagina in cui possano eternare,
Urlano al silenzio delle fragili mura.
Svegliati,
Svegliati ti prego
Mio cuore di carta
Lascia le tue pianure aprire la soglia
Per quest'anime serrate in dimenticanze
Abbandonando la voce in una terra desolata.
Svegliati,
Svegliati ti prego
Mio cuore di carta
Tu che apristi con le fiamme il libro della vita
Sciogli questo inchiostro che scorre nella pietra,
Scioglilo e trasformalo nel sangue delle vene
Perché la notte non avrà più lamentazione
Perché gli occhi del cuore non siano assopiti
E al cielo dove vivono le nostre speranze
Sia ancora donato il mistero di una poesia.
Svegliati,
Svegliati ti prego
Mio cuore di carta
Non lasciare il tuo riposo al riflesso senz'anima.

Anna Maria Salvi con *Amore*

Sei come
un fiume.
Diventi
passaggio radicale
e
paradigma di speranza.
Senza forma
né materia,
senza spazio
né tempo
scorri incessante
e
ovunque lasci
bellezza e mistero.

Lino Buono con *Il volto dietro la maschera*

È tristemente dolce
essere ipnotizzato
dall'antica maschera,
il cui colore oro
del tortuoso doussié
rievoca alla memoria
l'assenza di alcun fine
vivo e tangibile
di molte battaglie
contro il proprio io più profondo.

Dietro le rossicce venature
di quest'imponente fisionomia
si nascondono
le linee marcate,
le lacrime
oppure i coraggiosi sorrisi
del volto di un uomo.

L'impresa più ardua
per il guerriero
è riuscire ad ascoltare
la saggia follia del cuore,
capace di celare
l'equilibrio
tra ragione e sentimento
in un eterno divenire.

Matteo Alboreo con *Al cavalier fiorito*

Umano dal cor debile e mite,
esile preda delle intemperie
che con le sue lance fiorite
si radica su tutte le miserie.

De la petalosa lorica è conscio
e ne accetta la rara porcellana,
de su vita ammira lo scroscio
e di quanto ella sia villana.

Troppo savio per un mondo insensato,
troppo stolto per un mondo insidioso,
come un fiore, sepolto nella neve,

Brucia udendo la terra che non vede
e gusta il grecale maestoso,
scrivendo del suo crudele fato.

Maria Sabrina Cirillo con

Dedicato a un cuore infranto e al suo sguardo spento

C'è il vuoto,
e il silenzio che segue una catastrofe.
C'è il cielo che piange,
e la terra che vacilla sotto i piedi.
Ci sono i fiori appassiti
e le albe
e i tramonti
che non hanno più gli stessi colori.
C'è tutto questo,
eppure… non c'è.
Fuori non c'è stata nessuna catastrofe,
il cielo è sereno,
la terra è rigogliosa,
i fiori vivaci.
Anche se siamo in autunno,
anche se tutto dovrebbe esser secco,
e la pioggia dovrebbe cadere
per farmi compagnia.
Fuori, fa ancora caldo,
sembra estate
e io invece ho freddo,
sento l'inverno.
A volte credo persino di star ghiacciando
e allora per scaldarmi cammino nello scorrere del tempo,
questi si ferma solo quando giungo in riva al mare
che resta immobile mentre l'osservo e aspetto
un'onda che possa restituirmi i giorni passati,
quelli futuri…
che io e un lontano ricordo avevamo immaginato
che la tua cattiveria e durezza hanno ormai spezzato.

Maria Gulino con *Amuri e sapuri*

Com'era bedda a ma nanna Turidda, quanti iurnati passati cu idda
A manu mi rava e nta l'uortu mi purtava,
vulia cuntrullari se c'era frutta ri pigghiari.
I macci di lu nannu ciantati erunu sempri carricati.
Aranci, lumia e mannarini, chi così speciali,
ci vulieunu uocci ppi taliari.
I ficu natalini erunu niviri, ruossi e zuccherini,
mizzica, se ci piensu mi veni l'acquolina!
I pruna 'nveci nun si putieunu tuccari, truoppu iauti nun c'era a scala.
Pira praini e niespuli gghiappuna erunu ruri comu e cuticciuna.
Pinsannu ri iucari, a pugna a pugna mi misi a spricuddari,
a nanna s'arrabbiau e quattru uci mi ittau:
"U Signuri mi pirduna, ccà ci vuonu i tumpuluna!"
Chista è mancanza ri chi ffari, ogni fruttu è di amari!
Nun scurdari, a natura ora e sempri arrispittari!"
Mi ci avvicinai e forti, forti a vasai:
"Facili è sbagghiari, sugnu nica mi puoi pirdunari? Ciutuostu chi c'è [ri manciari?"
A nanna si misi a pinsari: l'azzaroli nun i voli, i milicucchi nun sunu [ppi tutti,
ppe ranata nun fu annata, talè chi minciunata!
Nni putiemu arrassignari, arristarru sulu dui ficupali:
chidda bianca citrigna nto macciunu lassau,
chidda russa sanguigna che manu a pigghiau,
subbitu a scurciau e cu tantu amuri ma purtau.
"Grazi ppa ficupala ti vuogghiu beni nannuzza cara!"

Greta Cerretti con *La mamma è*

Per la mamma

La mamma è…
la mamma è una persona
che ti dà la vita,
non te la vende,
te la regala.
Soffre per non far soffrire te,
e sempre ti proteggerà,
per mai farti annegar.
Quando stai per annegare lei è lì,
non ti lascia mica lì a dormì,
lei come un fiore appassito non ti
lascia a navigar,
e ti farà sognar solo quando,
dormirai come un fiore profumato,
bianco e riposato come un lenzuolo,
che ti avvolgerà nel più profondo del mar.

Savino Marè con *Ciao Papà*

Padre mio, forse qualche
cosa è sfuggito ai nostri
giorni, frettolosi margini di scontati tramonti.
Forse è proprio adesso quando il tempo è ormai scaduto che io vorrei capire di te, l'essenza che m'invade. Era tutto così normale, il nostro essere profili simili, andare e ritornare e sapere che prima o poi avremmo assaporato lo stesso identico sapore del cielo. Sai padre mio, abbracci ostentati e stretti non erano il tuo forte ma era lo sguardo tuo ad avvolgere il mio corpo. Io ne sentivo il tatto che percorreva lo spazio e arrivava lento dentro questo cuore mio di figlio.

Lucia Nicastro con *Respiro*

Respiro
l'aria di quelle stanze chiuse
e fra il freddo e la polvere
rivedo un sorriso,
e sento ancora
il calore di un abbraccio.
Improvvisamente,
il dolore di un tuffo nel passato.
Stringo a me un abito
per colmare il vuoto che sento,
ma so che
anche quel profumo svanirà.
Sarò trascinata
dal fiume in piena della vita
che scorre tumultuoso
per non pensare,
per non farsi male.
E mi aggrapperò ai ricordi,
quando vorrò aprire
la porta del passato
e cercherò la luna
in una notte buia.

Nunzio Delpanno con *Cutro*

"…e il naufragar
M'è dolce
In questo
Mare".

Non dolce
Ma tragico
Il naufragio
Di Cutro.

Inghiotte
La morte
Come feroce pescecane
Disperati emigranti.

Ci perseguita
L'incubo
Di troppi bimbi annegati.
Saremo mai perdonati?

Tutti naufraghi
Nel mare dell'indifferenza
E i rimpianti
Non ci salvano né ci assolvono.

Roberto De Biaggio con *È ora di fare testamento*

Se insegni, insegna con pazienza e passione
Se fresi, fresa con la massima precisione
Se impasti il pane, impastalo con amore
Se ausculti cuori, auscultali, fallo con scrupolo
Se scrivi per un giornale, controlla le notizie
Se scrivi versi che escano dal cuore.

Questo il mio testamento
Ricchezze ne ho poche
Non sprecatele!
Utili saranno alla vostra vecchiaia
Il resto non accumulatelo
Morite povere, per favore!

Maria Rosaria Porcaro con *L'enigma di Partenope*

Un sorriso greco
disegnò la tua costa giovane.
Spargendo il culto del numero,
giocoso enigma del destino.
Tra i tuoi capelli,
orlati di schiuma,
brillarono sinuose le sirene.
Ancora oggi guardiamo
là inalto, dove sei nata,
Partenope bella.
E appare il tuo sorriso greco,
mistero e orgoglio
delle nostre origini infinite.

Francesca D'Agostino con *Alle anime lente*

Per le strade del mondo,
a volte,
si incontrano
altre anime
lente
e il ritmo si sincronizza;
e mentre corpi
si intrecciano
e si allontanano
assenti,
quelle anime stanno,
e in quello stare vicine
scandiscono il tempo
della loro esistenza.

Filomena Romeo con *Libertà*

Son scesa in giardino,
in silenzio cammino tra
gli alberi soli. Ho solo un
pensiero al
mattino, vedere i miei
frutti di arance crescere
piano. Son rosse, appese
a quel ramo, attendono
ancora una mano, che
sfiori il bel viso, come un
sogno lontano. Son
belle, succose, son
speranzose, intrise di
attese, di albe
gelate, risvegliano i
sensi, raccolgon sorrisi di
cuori sospesi. Son scesa
in giardino e sento
cantare uno
scricciolo piano. Ho
voglia di aprire quei fiori
socchiusi, incise nel
legno son due sillabe
mute, ho voglia di te nel
vento che chiama. Mi
sento soldato, la vita è
una guerra, io voglio la
pace! Respiro
profondo, sulla terra
cammino, abbracciata
alle note che risvegliano
il mondo. Son vento, son
sole, son canto,
son dono, son solo un
sussurro, mistero, sono
libera
È vero!

Ettore Falli con *Occhi blu*

In ricordo del Sig. Carlo Colnaghi

Occhi blu
delicati e attraenti
vividi e mai spenti,
di ghiaccio colato,
che scaldano in vena
incastonati in uno sguardo
che non frena.
Abbarbicati ad un velo
di speranza insipida
scrutano l'orizzonte
lavato da lacrime
tronfie di vita sbranata
e vissuta pienamente.
Occhi blu
nascosti dentro un sorriso testardo
vigile ma orfano
di vecchie vibrazioni,
divora a grossi morsi
rabbia e frustrazioni
di un tempo che scandisce
senza alcuna riverenza
per chi è stato
un'anima diversa.
Occhi blu
eclettici ma veri
luminosi e sinceri,
vogliono ancor più
esser protagonisti
più di ieri.

Ruth Mensah Boamah con *Rosso scarlatto*

L'Ultima cosa che ricordo
È la tua voce mamma, che mi urlavi di correre a nascondermi.
Mi afferri per mano e, un attimo dopo, mi sento catapultata in un'altra dimensione.
Un frastuono rindondante mi tormenta…
È tutto così rapido come il battito d'ali.
Con lo sguardo impolverato e sanguinante, ti cerco in mezzo a questa desolazione.
"Mamma, dove sei?"
Accanto a me vedo persone distese per terra immobili, immerse in un fiume color rosso scarlatto; cerco di rialzarmi per cercarti…
Ad un tratto vedo una luce che illumina il tuo dolce viso. Tra le mani stringi il mio peluche preferito.
Perché tutto questo odio mamma? Perché ti hanno strappata da me?
Ti prego, mamma, portami via con te.
Mi avvicino e dolcemente ti abbraccio, sussurrandoti teneramente di portarmi via da questa desolazione…
Ti abbraccio forte, forte; poco a poco mi sento mancare le forze, sento un tenero calore scorrermi attorno, mamma, il nostro ultimo abbraccio viene avvolto da un fiume color rosso scarlatto…
Il mio ultimo desiderio per questo mondo è che un giorno possa trovare la pace.
Ora, io te l'abbiamo trovata per sempre insieme.

Maira Cirelli con *Chiudo gli occhi*

Il mio porto sicuro, non può essere concreto.
Lo cerco nei momenti di malinconia,
anzi spesso anche senza un logico motivo.
Lui vive nella mia mente e nel mio cuore.
Chiudo gli occhi,
riesco ad immaginarlo, a volte
con nitidezza, alle volte invece ahimè è sfocato.
C'è un grande albero fiorito,
una distesa d'erba piena di colori
ed io seduta al di sotto di questo enorme albero, con un libro in mano.
Poi appare lui, la mia vita, il mio Joker.
Corre felice verso di me,
con quell'allegria unica che possedeva.
La lingua che gli penzola dalla bocca,
si siede e mi fissa con quei suoi occhioni unici.
So già cosa vuole, vuole giocare,
prendo un bastone lunghissimo
lo lancio, lui corre a prenderlo e, dondolando me lo riporta.
È più grande di lui quindi fa fatica a riportarlo indietro.
È buffo, è testardo perché
non lo lascia e torna da me.
Si sdraia al mio fianco, mordicchiando quell'enorme bastone.
All'improvviso veniamo circondati da un'immensità di farfalle,
un gruppo tutto bianco e l'altro tutto blu.
Creano un vortice intorno a noi e,
lì mi preparo a tornare alla realtà.
Pian piano tutto diventa sfocato.
So che è arrivato il momento di salutarlo e di riaprire gli occhi,
[nonostante la malinconia.
Puff, apro gli occhi e torno alla realtà.
A presto porto sicuro.

Margherita Morichi con *Corsa di primavera*

Il sole bacia la mia fronte
solcata da un rivolo di sudore;
attraversa i miei capelli dorati
che ondeggiano mossi
dal mio andare rapido.
Nella mia folle corsa di primavera,
i pensieri vagano leggeri e liberi
nella testa prima offuscata,
poi cavalcano le onde le mie preoccupazioni
che leste si dissolvono nell'aria profumata
di fiori di campo, colori e sensazioni tali
da solleticar le mie narici!
Le mie membra sono come sollevate,
lo sforzo svanisce, è inesistente.
Il mio corpo palpita di gioia,
respiro l'affanno della vita
nella fuga sfrenata della sera.

Lino Messina con *La sconosciuta*

La vedevo passare
tutte le mattine.
Era un universo di stranezza e contrasti,
sembrava seguisse
un copione musicale
con note basse e altissime
con equilibrio.
Come una rosa spinosa, selvatica,
danzava sulle mie emozioni e passioni.
Aspettavo il mattino
e l'altro ancora.
Non passò più
un incidente la portò via
cominciai a
morire dentro.

Maria Luisa Bressan con *Le notti magiche*

Le notti magiche
si aggirano fra i respiri degli angoli delle strade
dove la luce delle case non ci appartiene
e i sogni sono l'unico spiraglio di libertà.

Le notti magiche
si presentano all'improvviso, senza bussare
senza indugiare nell'anticamera del desiderio
senza passare il dito sull'umida terra vergine
sul velato filo degli occhi del vento
nel segno del ricordo.

Arrivano come premonizioni
decise ed imperterrite
schiantandosi sulle vetrate dell'anima
richiamando riti ancestrali
marchiando a fuoco ogni sottile illusione.

Le notti magiche sanno aspettare
l'infrangersi soave dell'attimo sonoro
l'effimera unione del bisbiglio umano
disperdere gli errori carnali
nella moltitudine dell'universo.

Le notti magiche rimangono
negli ingranaggi del tempo
come seta rosso scarlatto
nei boschi dell'infanzia.

Elisabetta Vaiani con *Se guardo di lato*

Dedicata a mia madre

Se guardo di lato vedo i Ricordi… Se chiudo gli occhi il tuo colore
[mi accarezza
Se apro le dita una brezza mi sfiora
Rimango sospesa… A lungo…
Il tuo sguardo ha spento una luce
Il tuo coraggio ha acceso la mia anima… Dietro ogni silenzio
Dentro ogni battito si avvolge la vita… La nostra…
Con pudore provo a parlarti con tenerezza ti sfioro…
Se guardo in alto vedo i ricordi… se respiro con il cuore ne afferro
[uno…
Sono lì… Sono tornata… I tuoi colori danzano con i tuoi suoni…
[Le tue ombre
sono farfalle… Le tue pieghe sono storie… Sono intrappolata nella tua dolcezza…
Rimango sospesa… A lungo…
La tua fragile forza dipinge il soffitto…
Se guardo di lato vedo la vita…

Biancamaria Valeri con *La voce del cuore*

Quando ascolto il mio cuore
Non odo parole d'uomo.
Emozioni, colori,
Misteriose percezioni
Si susseguono
Allo scandir del
Ritmo cardiaco.
Un placido lago,
Un rivo scrosciante
E chiacchierino,
Un mare tempestoso,
Una dorata aurora,
Un infuocato tramonto.
La ragione si assopisce
E del carro alato
Del sentimento
Preferisce la guida.
La voce del mio cuore
Un'eco profonda
Che vive di futuro.

Angela Gravina con *Dedicato a… Un bacio inaspettato*

Umido,
Fugace,
Vorace
Caldo.
Così mi ha colto inaspettato
Il tuo bacio rubato.
Un guizzo zampillante
Ed il mio cuore tremante
Ha accolto nel petto
Quel gesto dispetto.
Mi domandi perché t'ho lasciato
Ed io ripenso a com'era
Il sogno di noi così è sfumato
A causa di quella chimera
Che si chiama bacio
Ma bacio non era.
Era un incrocio
Di bile nera.

Nasiha Sejdic' con *Sono triste ma poi mi passa*

La lontananza mi chiama con il mio vero nome,
la voce conosciuta mi attira per il petto,
sono pesante dai pensieri,
non parto.
La vista immagina già il là.
Sara lo stesso?
L'odore placido delle lacrime,
la veglia sudicia,
indefinita,
stringe la gola ma non mi soffoca.
Il tormento prepotente sbatte il corpo contro i muri,
nessun dolore mi provoca.
Il gemito dall'utero terrestre rimbomba,
si capisce che il corpo deve cedere
ma la mente ballonzola ubriaca e
scintilla la voglia per vivere.

Giulio Santoro con *In Sicilia*

A Giovanni Falcone

In Sicilia ora
l'odore del mare
mentre a Roma
non arriva niente
solo un vocìo di strade

vorrei tornare
penso sempre
sulle rive del mio presente
e camminare con te
mano nella mano
benedetti dal tramonto
ma il desiderio è lontano
non averti accanto
non sentirmi mai stanco
fare finta di dormire
capaci come siamo
di far saltare in aria
una montagna di rifiuti
con tutto il suo marcire

io che non volevo essere un eroe
e nemmeno un cristo
prima di morire
qui mi hanno crocifisso

Matteo Frasca con *Arte*

Volevo amore apoteotico,
come era stato l'abbraccio
dell'addio.
D'impatto emotivo,
come chiodo scaccia
chiodo,
per annullare
il nero
dell'oblio.

Marisa Tomatis con *Pensieri*

Nell'aria della sera
volano i miei pensieri,
arrivano da lontano
e vanno oltre il mio tempo,
talora timorosi e discreti
spengono i miei gemiti.
Vivo la gioia e la malinconia
di questo giorno che muore.

Marco Zelioli con

All'amica Claudia nel giorno del suo onomastico

A te mia cara amica, inaspettato
dono trovato lungo la mia vita,
dedico questi sgangherati versi
oggi per festeggiare il tuo onomastico.

Che cosa chiedo in cambio? Niente e tutto:
non un abbraccio, una parola, un bacio,
ma solo di ricevere un sorriso.

Perché il sorriso, sai, solleva l'anima,
rende leggero tutto dentro il cuore,

non costa nulla, esprime tutto, e basta.

Patrizia Villa con *Amalia*

Per un cimitero strappato dalla mareggiata alla terra.
Alle vittime del dovere di campare.

Così era finita
fra cenciosi letti, mille baci non dati,
ruvide carezze, spinte di uomini furiosi.
Imprecando alla vita dal prima e dal dopo atterrita.
Ogni giorno, lo sguardo al soffitto,
navigavi sul mare,
fra stelle, cavallucci, perle e viaggi.
Scuri gli occhi,
radi capelli non più inanellati,
di bianco spezzati.
In un angolo deposta sola,
lontana da sguardi infuriati.
Distese lungo il corpo,
le imperdonate braccia,
che di altre avevano storpiato
lontani momenti d'amore.
Dall'alto scivolando
la croce senza un nome, un fiore
né sguardi da sempre,
si accosta, si appoggia.
Pia Maria Margherita:
Moglie madre esemplare.
La famiglia per sempre.
Un candido velo da chiesa sul volto
ingrigito dai tempi.
Amalia, Pia Maria Margherita
vicino adesso adagiate.
Sguardi di vivi non potranno capire
fra una o l'altra chi, là sta a dormire.

Noemi Buratti con *Riverbero*

Amore è amore se resiste al mutamento
e se affronta le tempeste della vita.
Solitudine ed oblio esistono solo nei cuori aridi,
ma in un cuore devoto, puro e leale
l'affetto impera e l'amore trionfa.
L'amore è breve,
difficile dimenticare.
Non lasciarmi in questo oblio dove non possa trovarti.
L'amore non è fogliame sparso al vento,
l'amore pur nella sua brevità non muta nel tempo,
impavido resiste.
Amore non soggiace al tempo,
né ai mutamenti,
è un faro irremovibile.
Se fuori è inverno,
nei nostri cuori è estate.

Alessio Malfissi con *Fumo di una sigaretta*

Espirava il fumo di una sigaretta, speranzoso che almeno quello riuscisse ad alleviare il dolore. I pensieri lo tormentavano. Nella sua mente riecheggiavano le parole che lo avevano ferito, fendevano una scure nello spirito eppure erano in grado di rincuorante.

Sentiva il senso di liberazione e di rottura delle catene che egli stesso aveva costruito. Il solo pensiero di rispondere a certe domande lo faceva impazzire, sentiva il profumo dei fiori cullarlo nella sua seduta, gli ultimi raggi del sole lo salutavano con l'augurio di rivedersi il giorno dopo.

Ricordava gli occhi celesti, pieni di vita e passione. L'immagine delle lentiggini di cui lei tanto si vergognava lo tormentavano. Riviveva i respiri affannati e i sorrisi maliziosi di quel pomeriggio, lo facevano sentire come schiacciato da una pressa da cui si divincolava.
Una litania che utilizzava come calmante.

Voleva rincontrarla, sentire ancora il suo profumo, ascoltare le avventure che ella viveva. La sigaretta ormai andava finendo, consumata dal flebile vento e dai sospiri tesi.

La fissò per qualche istante, che gli sembrarono ore, poi la spense nel posacenere.
Pensò ad un certo punto, con senso di nostalgia, che ogni granello di cenere e dedica a memorie ormai spente.

Antonietta Natalizio con *Commenta il dì*

Al primo mattino…
Dipinge di nostalgia
qualcosa di sfiorito…
Lascia il posto
alla malinconia
del brumoso inverno.
È precario il mio sentire.
Servigi pensieri
si tramutano
in storie infinite…
Un mondo sospeso,
pieno di incertezze,
tramuta il freddo soffrire
con il dolce morire.
Mentre nell'ipnotica
e surreale bellezza
s'affaccia l'ardir
e lo stupor dell'avvenire!

Sommario